解憂音樂盒

ありえないほどうるさいオルゴール店

瀧羽麻子

邱香凝　譯

順路造訪

那是一間安靜的店。

美咲右手牽著悠人，左手推開沉重的木門。鈴鐺輕輕地「哐啷」一聲之後，周遭又恢復了寂靜。美咲朝店頭小小的展示櫥窗投以一瞥，原本以為至少會聽見音樂或其他聲響，沒想到竟然這麼安靜，倒是出乎意料。

三、四坪大的小巧店面裡，沒有其他客人，也沒看見店員。店鋪整體呈細長形，左右兩側各有一排高達天花板的櫃子。店內深處有一張橫長的桌子，桌子後面是另一扇門。除了櫥窗外，沒看到其他窗戶，天花板上那盞玻璃燈罩式的老舊吊燈也沒點亮，整個店面頗為陰暗。也或許是因為剛才還走在初夏的陽光下，眼睛尚未適應的關係吧，總覺得這裡特別黑。不只那盞吊燈，包括磨成焦糖色的地板、櫃子和那張沉重的桌子在內，這間店的裝潢都給人一股老舊感。靜謐加上昏暗，使它看起來就像古董店、舊書店或二手衣店等販賣歲月痕跡的地方。

不知為何，悠人很喜歡這類店家。和其他小孩不同，對色彩繽紛的玩具店或氣味香甜的蛋糕店，他通常看也不看一眼。

美咲低頭俯瞰左顧右盼的兒子頭頂的髮旋。似乎感受到她的視線，悠人扭動身體，朝美咲仰頭，咧嘴一笑，拉著美咲的手往櫃子走。

從地面高達天花板，整面櫃子隔成許多層，每一層都密密麻麻地放滿透明的盒子。有小至巴掌大的，也有像展示櫥窗裡放的那種比較大的，每一個透明盒子裡都裝了金色的機械。

彷彿受到邀請般，悠人伸出右手。

「不能摸喔。」

美咲忍不住出聲，拍了悠人的左手一下。悠人肩膀一顫，縮回剛想伸出去的右手，然後突然朝右邊看。

被他的舉止牽動，美咲也往那邊一看，忍不住倒抽一口氣。

「歡迎光臨。」

店內深處，不知何時站了一個身穿黑色圍裙的男人。

不好意思，我們只是看看而已。美咲小心翼翼地這麼聲明，店員仍未露出不悅的表情。

「這樣啊，請慢慢看。」

親切地說完，店員便在桌子另一端動手做起什麼。儘管對方絲毫沒有擺出受打擾的樣子，美咲依然有些不自在。

音樂盒不是適合三歲小孩玩的東西。尤其是悠人這樣的三歲小孩。

「差不多該走了喔。」

輕輕搖晃牽著的手，悠人沒有反應，著迷地看著音樂盒。他不再試圖伸手去碰，取而代之的是把臉靠得不能再近。聰明的孩子。剛才因為想摸音樂盒而受到責備的事，他已確實記在心裡了吧。

美咲無奈地放鬆手上的力道，悠人立刻抽出手。

平時聽話的悠人竟然這麼勸不動，這可真難得。既然如此，就讓他看到心滿意足為止吧。

斜眼偷瞥店員，他看似不在意客人，只是低著頭做自己的事。在手邊電燈的照耀下，臉看得比剛才清楚了。年紀和美咲差不多，頂多三十五歲吧。皮膚白皙，身材清瘦，滑順的頭髮筆直留到耳下。

美咲重新轉向櫃子，因為沒事可做就四處看了起來，目光被疊放在角落的幾張白紙吸引。

拿起一張，觸感粗糙的紙上以手寫文字介紹這間店，看來是手工做的傳單。

音樂盒使用的機械以音梳及音筒組成。音梳名符其實呈梳齒狀，和鋼琴的鍵盤一樣，數量愈多音域愈廣。音樂盒以音梳的數量區分為十八音、三十音等等，大型的音樂盒甚至可達一百四十四音。音梳接觸音筒上的突起而彈開，藉此發出聲音。根據音筒的旋轉方式，可分為手動式和發條式。

購買音樂盒時，除了選擇上述機械種類外，也請一併決定曲目和外盒。曲目可從現成曲目中選擇，也可特別訂做喜歡的曲子。只要您提出意願，好耳力的工匠就會為客人建議最適合您的曲子。外盒除了選擇顏色，還可畫上圖案或添加裝飾。最適合用來送禮，為自己或家人留下回憶。

要不要做一個世界上獨一無二，只屬於您的音樂盒？

這樣的廣告句下方，附註了幾種組合例子和參考價格。從數千到數萬日圓都有，也有數十萬日圓的商品，範圍很廣。說到音樂盒，頂多只在賣紀念品的禮品店裡看過，這還是第一次踏入專賣店，沒想到音樂盒的學問這麼深奧。這一帶明明來過好幾次，竟然不曉得有這間店。從頗具年分的店面裝潢看來，也不像是最近新開的。馬路對面那間老舊的咖啡店就有印象，可見之前肯定曾路過，大概是看漏了吧。

突如其來地，一陣清亮音色竄入耳中。美咲的視線從傳單上抬起，心頭一驚。

悠人不見了。

急忙東張西望，這才在店內那張桌子前看到他小小的背影。不假思索地，美咲大聲喊：

「悠人！」

音樂盒的聲音戛然停止。

隔著桌子站在悠人對面那個有點駝背的店員望向美咲。頓了一頓後，雙手搭在和自己肩膀高度差不多的桌緣，正窺探店員手邊工作的悠人也抬起頭。

接著，或許是察覺店員的視線了，悠人朝美咲轉頭。

「不好意思。」

美咲向兩人跑去，悠人帶著不安的表情輪流窺看兩個大人。

「不會，是我說明不足，非常抱歉。這邊的音樂盒全都是試聽用的，可以自由觸碰沒有關係。」

美咲雙頰倏地發燙。

是啊，這裡陳列的不是擺飾也不是精密機械，再怎麼專注凝視，依然不可能知道封閉在音樂盒內的會是怎樣的音樂。試聽是極為普通的事，如果是一般親子上門，做母親的大概會拿起一個音樂盒來讓小孩聽聽看吧。

如果是一般親子的話。

「會動的比較好玩啊。」

店員再次轉動手腕，音樂盒開始發出聲音。流瀉出的樂音美咲也有印象，是古早時代的兒童卡通歌。最近幾乎很少開電視，不知道那個卡通是否還在電視上播放。

「因為聲音是看得見的呢。」
店員一臉開心的樣子繼續說。
美咲的視線重新轉回機械上。正如傳單上所說，那機械以一個像橫放圓筒的零件，與另一個像梳齒般扁平的零件組裝而成。轉動裝在透明盒子外的把手，圓筒便跟著轉動，表面細小的突起撥弄梳齒。
的確，聲音看得見。
「買一個好了。」
回過神時，美咲發現自己這麼說。
「是媽媽您要的？還是買給孩子的？」
店員露出微笑，手上的動作不停。悠人微微偏頭，凝視店員的手。悠人的耳朵很大，曲線流暢的耳垂厚實，這就是人家常說的「福耳」吧。
明明是一對這麼漂亮的耳朵，竟然無法發揮機能，真教人難以置信。
「給我兒子的。」
美咲這麼回答。

店員拿出折疊式椅子，放在桌前，請美咲和悠人坐下。

「請兩位選擇機械種類、外盒和曲目。」

美咲選了最便宜的機械，音域最窄的那種。即使如此也能發出十六個音，算是很不錯了。據店員所說，市售音樂盒大概都是這種的。至於外盒，悠人從店員拿出的樣本中，毫不猶豫地指向一個藍色的小木盒。

到了決定曲目的階段，美咲為難了起來。

「是要給令郎的吧？」

店員自言自語般低喃，面向悠人問：

「您有什麼喜歡的歌嗎？」

語氣與遣詞用字，像是和大人說話一樣客氣。或許他不太習慣面對小孩吧。儘管已是娶妻生子也不奇怪的年紀，他那慢條斯理的口吻和單薄的身材，怎麼看都缺乏生活感。

被問話的悠人眼睛眨也不眨地注視店員。那模樣看起來，說是正在專注傾聽也說得通。

「有沒有曲目表之類的東西呢？」

美咲從旁插口。

「不好意思，有是有，但那些曲目都不適合小孩，曲名也盡是漢字，怕他不好理解。」

「沒有關係，我來看。」

「咦？」

店員顯得很意外。

「可是，音樂盒不是要買給令郎的嗎……」

「是的，不過，要這孩子自己選太難了，所以我來替他選。」

「這樣啊……」

見對方毫不掩飾地蹙起眉頭，美咲有些惱怒。那表情簡直像在說：「做父母的擅自決定小孩的東西，小孩太可憐了。」

「那個，如果您不反對的話……」

店員小心翼翼地繼續：

「如果您願意放心交給我，我可以推薦適合的曲子。」

這麼說來，傳單上也寫了類似的話。

然而，美咲無法接受。就算對方是專賣店的店員，比起孩子的母親，一個素未謀面的陌生人怎麼可能選出最適合的曲子。

「請問你打算怎麼選？」

美咲故意提問。

「呃，與其說是選……」

店員一臉認真地回答。

「我能聽見客人心中流瀉的曲子，就使用那個。」

莫名其妙的答案。店員無視默不吭聲的美咲，從桌子後方探出身子。

「其實，這是本店最推薦的方法。至今試過這種服務的客人都很滿意。」

美咲保持沉默，說什麼聽得見心中的曲子，這種話一聽就很可疑。看來今天是誤闖奇怪的店了，該不會被索討不合理的高額費用吧。

「您意下如何？願意試試看嗎？」

「不過，費用一定很貴吧？」

正打算繞個圈子拒絕，卻見店員搖頭。

「沒這回事。我們會盡可能提供平易近人的價格，畢竟這是本店打包票推薦的商品。」

問了價錢，確實和市售音樂盒差不多。對方還說，萬一完成後不中意，也可以退貨。

「那就麻煩你了。」

美咲並非完全接受對方的說法，只是看到一旁目睹兩人對話的悠人一臉擔心，讓美咲感到過意不去，不想再繼續我問你答了。

「謝謝惠顧。」

店員恭謹地低下頭。

「那麼，借用您一點時間。」

這句話不是對美咲，而是對悠人說的。同時，店員從桌子抽屜拿出一本筆記本。

走出店外，美咲再次牽起悠人，沿著運河旁的石板路散步。

這座面海的城鎮，曾有過一段海運盛行的時光。即使是失去往日榮華的現在，港邊一帶仍得以窺見過去的風貌。縱橫交錯的運河畔佇立成排散發異國風情的石造建築與倉庫。看得出有幾棟已重新裝潢內部，運用建築獨特的外觀做起生意。剛才那間音樂盒店也是如此。富有情調的水都風景和新鮮漁獲一同成為城市的觀光資源，港口周邊開了許多試圖招攬觀光客的禮品店及餐飲店。

只不過，當地人除非有事，反而很少機會專程前來。美咲也不例外。每週兩次，從隔著車站的港口另一端高地上的住宅區搭公車過來這裡，是一年前才開始的事。

發現悠人的耳朵聽不到，是他兩歲半的時候。之後這一年，每星期都帶著他去專門教室上課。醫生說這是先天性失聰，建議動手術，愈快下決定愈好，最遲希望能在他四歲生日前做出結論。換句話說，期限不到半年了。

手被拉了拉，美咲回過神來。

原本走在身邊的悠人領先了半步，看來是自己下意識間放慢了腳步。

「抱歉，抱歉。」

悠人輕輕搖頭，再次轉頭向前。簡單的日常生活用語，不用依靠手語，他也能靠讀唇和表情明白意思。

轉一個彎，運河中斷。巷弄前方看得見一小片綠地，悠人加快腳步。

綠地上沒有別人。或許因為沒有設置供人小憩的長椅，也沒有一般小孩喜歡的遊樂器具，除了偶爾看見可能是觀光客的人外，多半不見人影。美咲一放開手，悠人立刻跑向後方的草皮。

他的目標不是草皮本身，而是鋪在草皮上的鐵軌。那不是仿製品，是實際上運行過的舊鐵路遺跡。卸下任務的軌道，以這裡為起點，整修為步道。這也是曾經朝氣蓬勃的城鎮，為過去那段美好時光所殘留的吉光片羽。

悠人蹦蹦跳跳地踩上軌道。自從一次偶然經過之後，他完全愛上了這裡，下課回家路上，幾乎每次都會順道來此一遊。步道出了綠地仍然延續下去，兩側豎起柵欄，不讓汽車進入。

話雖如此，有好好整理維護的，只有從綠地延伸出去大約兩、三公尺左右的軌道。沿著軌道愈往下走，兩側茂密的雜草長得愈高，地面凹凸落差大，還有不少大顆的石頭滾落路面。

剛開始，美咲也會擔心悠人跌倒。但事實上，走起來更該擔心的是自己。一邊小心注意別絆了腳，一邊還得追上悠人。說來也好，注意力放在腳上就不會去想多餘的事。不經意環顧四周時，輕拂過軌道的涼風彷彿吹進心裡，吹得她一陣惶惶不安。

怎麼會有這麼寂寞的地方，美咲心想。再也不會發出警示音的平交道，永遠不再嘎吱作響的鐵軌。這是個失去聲音的地方。

悠人忽然駐足，蹲了下去，聚精會神地觀察鐵軌間叢生的雜草。美咲也在他身旁蹲下，悠人的視線忽地從草地上轉向母親。

美咲的臉倒映在那雙又黑又大的眼瞳中，臉上是淡淡的笑。感覺悲傷的時候，她總是會反射性地浮現這種笑容。

「回家吧。」

美咲張大嘴巴，發一個音就停頓一次，慢慢地說。

不能哭。不能害悠人感覺不安。對這孩子來說，眼睛看到的就是一切。面對他時，無法找藉口掩飾。

「下星期再來吧。」

這句話是用手語傳達的。到時候，再去領回那個音樂盒。

先去附近超市買了東西，然後才回家。美咲準備晚餐時，悠人會自己乖乖地玩。吃過晚餐，剛哄悠人睡著，陽太就回來了。

換完衣服又過了一會兒，陽太才出現在客廳，中間那段時間一定是去寢室偷看兒子的睡臉了。好不容易才哄悠人睡著，他卻老是用力開門關門，美咲以前常生氣罵他，要他安靜一點。

美咲手腳俐落地重新熱了飯菜，再從冰箱拿出發泡啤酒。

「課上得怎麼樣？」

往餐桌邊坐的陽太問這句話，已經成了習慣。

「嗯，跟平常一樣。」

在那間學生都是耳朵聽不到的孩子的教室裡，悠人是模範生。不管學什麼都學得很快，懂得守規矩，和朋友們也相處融洽。講師們都說，悠人真的是個好孩子。

「悠人還好吧？」

美咲今天也這麼問了送他們出教室的年輕導師。

「是的，今天也很乖。」

她回答得很爽朗。

「請放心，悠人一點問題都沒有。」

悠人上的是三歲兒童班，和普通幼稚園一樣有玩遊戲時間，也會畫畫，同時學習手語和寫字。家長則在另一間教室裡學手語，有時也邀請專家來舉辦演講或諮詢。

家長雖然沒有義務參加，美咲每次都會出席。和境遇相仿的母親們交換資訊令她感覺多了後盾。活動內容有時令人感到疲憊不堪，但是，前往悠人等待的那間房間時，美咲一定會在走廊上努力揚起嘴角。其他母親也一樣。接過自己的孩子時，已換上溫和穩重的笑容，和參加諮詢時悲愴的表情判若兩人。為了各自的兒子或女兒，她們必須擺出笑容。

「回家路上，幫悠人買了音樂盒。」

想起白天發生的事，美咲對丈夫這麼說。

「音樂盒？買給悠人？」

喝著發泡酒、一副很美味的樣子的陽太嘴巴離開罐子，驚訝地反問。美咲趕緊補充：

「他好像看機器轉動的樣子覺得很有意思，滿喜歡的呢。」

陽太收拾起驚訝的心情，點點頭說：

「這樣啊，也不錯啦。怎樣的音樂盒？讓我看看。」

「還沒做好喔，現在才要開始製作。」

「咦？是訂做的嗎？這麼正式。」

「嗯，是啊，不過比想像中便宜喔。」

美咲這麼一說，陽太立刻搖頭。

「錢是小事啦，沒關係。再說，難得悠人會主動想要什麼。」

「打算下星期教室下課後去拿回來，店員說會幫我們選一首他建議的曲子。」

那麼，請讓我聽聽看吧。

那個店員嚴肅地如此宣布後，雙手慢慢移向耳邊。美咲這才發現，在他偏長的頭髮蓋住的左右耳上，各掛著一個透明器具。

只見他用熟練的手勢分別拆下左右耳上的透明器具，放在桌子角落，發出輕微的叩隆聲。

即使提醒自己不要死盯著人家看，美咲的視線還是難以離開那透明的器具。形狀和助聽器很像，不過，事情有點奇怪。他說自己能聽見悠人「內心的音樂」，如果那器具是助聽器，無論能聽見什麼聲音，都不該是拆下來，而是戴上去才對吧？

店員看來並不在意美咲的視線，逕自打開桌上的筆記本，裡面原來是五線譜。他拿起筆，專注凝視悠人的臉，然後閉上眼睛。一旁的美咲傻眼地看他做出這一連串甚至可以說是有些做作的動作。

不知道過了幾秒還是幾十秒，他一直緊閉雙眼。接著忽然迅速睜開眼，開始在五線譜上振筆疾書。原本悠哉的氛圍丕變，一鼓作氣的樣子，就像是被什麼追趕似的。受到這氣氛震懾的美咲只能旁觀。悠人一臉嚴肅，動都不動一下。

轉眼間寫滿了一頁，店員闔上筆記本。彷彿什麼都沒發生過似的，重新將那透明器具戴上耳朵，以公式化的口吻說，音樂盒星期一就能完成，請再來取回，費用也到時候再支付即可。

美咲當然不知道他是否真的聽見了什麼音樂，雖說舉止行為看起來似乎有那麼一回事，但冷靜想想，根本無法證實是真是假。對不熟悉樂譜的美咲來說，從反方向望過去更讀不出樂譜上寫的是什麼曲子，說不定他只是挑了首適合悠人這年紀孩子聽的樂曲罷了。

半是好奇，完成後的音樂盒會流瀉出什麼樣的曲子呢。如果相信店員說的是真的，過去他似乎已經用這種方式為許多客人訂製了音樂盒。美咲很想聽聽看，這樣的他為悠人選出的會是什麼樣的曲子。

然而，陽太似乎有不同看法。

「那是怎樣？不覺得很可疑嗎？」

他狐疑地提出質問，美咲不由得後悔告訴了他詳情。無論怎麼想，這都不是陽太喜歡的話題。

「那個店員發現悠人耳朵聽不見了？」

「我想應該沒有。」

從那個店員臉上，美咲並未看到人們在得知悠人耳朵聽不見後，容易出現的表情。再者，他看起來似乎不擅長與小孩相處，應該也不具備悠人這年紀小孩通常很多話的知識。頂多只覺得悠人是個沉默寡言的孩子吧。

「妳怎麼不解釋一下，要是知道，對方也不會講那種莫名其妙的話了。」

「可是，對素昧平生的人……」

陌生人的同情，只會帶來困擾。

「只是說出事實罷了。」

陽太打斷美咲，語氣已不再質疑，只剩下哄小孩般的淡然語調。

「就算說不喜歡可以退貨，悠人又能怎麼樣？別說喜不喜歡了，他連音樂盒發出的是什麼聲音都不知道。」

陽太是對的。他說的總是很對。他的意思是，我們應該盡全力守護耳朵聽不見的兒子。正視事實的同時，也要不卑不亢，必須正大光明爭取弱者的權利。我們為人父母的，有責任為孩子戰鬥。

「算了，反正都買了，悠人開心就好。」

陽太打算結束這個話題，雙手合十說了聲「吃飽了」，一邊從桌邊起身，一邊嘟囔了一句：

「還是應該動手術比較好吧。」

最近兩人只要談到悠人，最後結論都是這個。陽太認為只要有希望，什麼事都該盡可能去做。

美咲當然也這麼想，打從心底這麼想。

只是，一想到那是必須全身麻醉的頭部大手術，無論如何都會退縮。光是想像要把悠人小小的腦袋切開，內心就一陣痛苦。要是手術失敗，造成無可挽回的後果怎麼辦，與其那樣，倒不如善用高性能助聽器和手語，照現在這樣過日子，也不是不能過。值得慶幸的是，悠人手語學得快，還很擅長觀察對方嘴唇的動作和表情，汲取其中的意思，到目前為止，溝通上沒有什麼問題。

對於遲遲無法做出結論的美咲，陽太並未心急催促。他說會尊重和悠人在一起時間最長的美咲。這應該不是謊言。陽太是個誠實的人。正因為太誠實了，有時甚至無法掩飾他的心情。

經常在教室遇見的聽障兒家長們，對手術抱持的態度也各不相同。有願意放心接受手術的贊同派，也有打算繼續觀望狀況再考慮的謹慎派。

各種人說了各種話，包括近在身邊的人，比方說美咲的母親，就抱持和陽太完全相反的意見。

母親鼓勵美咲接受眼前的現況。她總說，因為那不是任何人的錯，妳該為自己的孩子感到自豪。她還說，妳哥哥那邊的狀況原本那麼糟，現在不也都沒事了嗎。

美咲的哥哥有個獨生女，從嬰兒時期起脾氣就很差，不好照顧。然而，偶爾和他們一家人見面時，比起姪女，最令美咲訝異的其實是大嫂的表現。生小孩前優雅又溫柔的她像變了個人似的，總是皺著眉頭，歇斯底里叱喝自己的孩子。女兒跌倒在地上哭泣時，她一定搶在美咲等人發現前，發出冰冷得令人背脊發涼的聲音大聲責罵，有時甚至動手打小孩。聽母親說，大嫂一直懷疑孩子有腦部障礙，連檢查都做了。醫生報告診斷結果沒有異常時，她還窮追不捨地質問醫生是不是哪裡搞錯了？堅持孩子絕對有問題。

那樣的姪女，上幼稚園後開始穩定下來，去年上了小學還當上班長。現在母女倆感情可好了。哥哥曾用感慨萬分的語氣說，聽得懂人話真是太好了。他還說，問題不在物理上是否確實聽得見別人說話的聲音，能不能正確理解更重要。

無論如何，即使在姪女狀況好轉的現在，每次看到不需大人操心的悠人，大嫂還是會羨慕地說「真好啊」。直到一年前。

星期一，悠人下課後，美咲和他一如往常來到運河沿岸散步。

從教室到舊鐵軌那片綠地之間的道路錯綜複雜，有好幾條路線可走。美咲刻意選擇不經過音樂盒店前面的路線。

陽太說的沒錯。自己到底為何要買那種東西。那個店員把完成的音樂盒交給悠人時，一定會用充滿自信的表情說「請聽聽看」。又或者，他會要悠人自己轉動音樂盒。不管怎麼樣，短短的旋律結束後，他也肯定會問悠人喜不喜歡。

悠人無法回答。只有這個問題，美咲無法代替他回答。

也曾想過打電話取消訂單。既然可以退貨，取消訂單大概也不會有問題。不過仔細想想，美咲連店名都不知道，既沒拿到訂購單之類的東西，對方也沒問美咲的名字與聯絡方式。當時心情恍惚，渾然沒有察覺可疑之處。也不知該說是大方還是隨便，總之，那間店果然有點怪。只是總不好什麼都不說就放人家鴿子，還是再找一天由美咲自己登門說明緣由，道歉說不需要那個音樂盒好了。

悠人讓美咲牽著手慢慢散步，時而東張西望，視線追隨從運河上飛過的海鷗或路過身旁的自行車。

那間店的事，悠人說不定已經忘了。和美咲一樣，那天出了那間店之後，悠人顯得比平常恍惚，隔天過後也不再提起音樂盒的話題了。他可能根本沒意識到媽媽為自己買下那個玩具了吧。畢竟並未當場接過商品，也沒有付錢。他很可能以為自己只是參觀了某種稀奇的機械。

一如往常，綠地上沒有其他人。悠人放開美咲的手，踩著咚咚的腳步朝軌道跑去。

直到跑過草地，站在步道入口前為止，一切都和平常一樣。原以為接下來也會照慣例開始搖搖擺擺地沿著鐵軌走，悠人卻出乎美咲意料，倏地停下腳步。

「怎麼了？」

美咲低聲問，悠人卻不回頭。明知這是因為自己站在他身後說話的關係，內心卻沒來由湧現一股不安。

「悠人？」

跑上前去，正想拍拍他的肩膀，忽然聽見不知何處傳來的聲音。

是歌聲。美咲伸長脖子，朝軌道盡頭凝望。遠處出現人影，有兩個人，一個大人，一個小孩。

看起來是一對母女。牽在一起的手隨著節奏搖晃，逐漸往這邊靠近。唱的那首歌美咲沒聽過，是類似童謠的單調樂曲。女兒發出非常高亢的聲音歌唱，蓋過母親清澈的女低音。

身穿寬鬆水藍色洋裝的母親，看起來應該比美咲年輕幾歲。女兒也穿著顏色及剪裁都與母親類似的洋裝，身高和悠人差不多。裙襬輕飄飄地搖曳，小心翼翼地一步一步踩在枕木上。走到距離美咲他們還有幾公尺的前方時，兩人將最後一個音拉得長長的，結束了那首歌。看來並非顧慮到眼前這對站著不動的母子，只是剛好唱完罷了。母女倆心滿意足地對視一眼，嘻嘻笑了起來。

見小女孩走得雖慢，但沒有要停下腳步的意思，美咲朝悠人伸出雙手，打算從背後抱起他，否則再這樣站下去，會撞到對方。

在美咲的手指碰到悠人之前一瞬間，悠人自己往軌道旁閃開，讓出道路。

「你們好。」

擦身而過時，對方母親輕快地寒暄。女兒也以有些口齒不清的發音接著說：

「你們好。」

美咲沒能回應，即使盡了最大的努力，也只能以眼神致意。聽著背後她們輕盈的腳步聲，蹲下來端詳兒子的臉。

「悠人，你還好嗎？」

悠人露出淺淺的微笑。最近，他偶爾會做出這種表情。

他是個聰明的孩子。或許能理解那小女孩和自己不一樣吧。悠人那不像個幼兒該有的老成而達觀的笑容，看在美咲眼中，就像是他已默默接受了事實。那笑容裡沒有憤慨，也不是心有不甘，就只是放棄抗拒，接受事實而已。

美咲跪在地上，抱緊悠人。

「悠人。」

各種人，說了各種話。

悠人是好孩子，一點問題也沒有。教室的講師們這麼說。聽到別人稱讚兒子，美咲不是不開心，講師們也真的很關照他們母子，她打從內心感謝。

可是，有時也會想大聲尖叫，想逼問那個看起來脾氣很好的年輕講師。什麼叫一點問題也沒有？什麼叫可以放心？你真心這麼想？

大嫂說，再怎麼痛苦也會有得到回報的一天。美咲知道，這是在育兒過程中打過一場硬仗的她出於善意的鼓勵。正因看過如今天真無邪地向母親撒嬌的姪女從前的惡魔行徑，現在才更覺得溫馨。

然而，心還是會痛。看到半瘋狂地與女兒對峙的大嫂，美咲也曾嚇得偷偷想「萬一我以後也變成這樣怎麼辦」，又為那樣的自己感到可恥。是否因為自己有過如此過分的念頭，所以現在才會遭到這樣的懲罰？問題是，該受到懲罰的人是我，不是悠人啊。

母親說，不是妳的錯。這點陽太也持相同意見。他們總是勸美咲不要那麼自責。

但是，生下耳朵聽不見的孩子的人不是你們，是我。

「悠人，對不起啊。」

想對他說不要緊的。想對他說媽媽會陪在你身邊。想告訴他自己會永遠在你身邊守護你。可是，自己的聲音永遠傳不進他的耳朵。就算喊破了喉嚨，就算聲音撼動了空氣，也永遠無法傳進最重要的那個地方。該怎麼做，才能將自己的心情傳達給這孩子呢。

被美咲緊抱在胸前的悠人掙扎著扭動身體。

美咲急忙放開手臂，深吸一口氣，再慢慢呼氣。眼眶滾燙。悠人為難地皺著眉，凝視美咲。

反覆深呼吸三次後，情緒總算緩下來了。嚥下哽在喉頭的那團硬塊，揚起嘴角。

「久等了，我們走吧。」

正想踏上軌道的美咲，感到裙子被悠人怯生生的小手拉住。

「今天不玩了？回家好嗎？」

美咲這麼問，悠人搖搖頭。右手握起小拳頭，在胸口做出轉動把手的動作。

他還記得啊。

「知道了，我們去拿吧。」

悠人一心只轉動胸前的拳頭，直到美咲屈服為止。

那間店和上星期一樣低調又安靜。

「歡迎光臨，我一直在等兩位。」

店員微微一笑，似乎還記得美咲母子。後方那張桌子前，也已經擺出兩把椅子。

「請，請坐。」

在店員的招呼下，美咲與悠人並肩坐下。明明沒有約好什麼時候來拿，店員卻準備得這麼周到。

「因為我聽到兩位的腳步聲了。」

彷彿看穿美咲內心的疑惑，店員這麼說。

這應該是玩笑話吧。話雖如此，上次店員耳朵上的器具閃過腦海，美咲一時之間窮於應答。他也不以為意，繼續往下說。

「咖啡就快好了，小朋友的是果汁。」

話才剛說完，背後就傳來門上的鈴鐺聲。

走進店裡的，是個身穿白圍裙，留妹妹頭的年輕女孩。她雙手捧著銀色托盤，上面有兩個附了杯碟的雪白咖啡杯，和一個裝了黃色果汁的玻璃杯。咖啡香飄了過來，悠人鼻頭翕動，目光追著走近的女孩看。

她動作俐落地在桌上放置紙巾與杯墊，將三人份飲料放下後，鞠了一個躬才離開。

「我總是拜託對面咖啡店準備，因為我自己好像不太擅長這種事。」

話雖如此，他真的準備得很周到。畢竟，實際上不可能聽得見腳步聲，難道是事先拜託了對面店家，只要看到客人進門就開始準備飲料嗎？而且，從散發的香氣判斷，這咖啡也不是預先泡好的。

喝一口咖啡，更確定了這個想法。

「真好喝。」

「是吧？那裡的咖啡是絕品美味。」

語氣固然開心，店員卻沒有慢慢品嘗他的那杯熱咖啡。只輕輕沾了一下就放下杯子，抬頭挺胸地站直。

「那麼，要聽聽看了嗎？」

微微前傾的姿勢和筆直的視線，與在教室裡畫圖或拿摘來的花草給美咲看時的悠人一模一樣。

美咲朝身邊一瞥，搖擺雙腳啜飲果汁的悠人用力點頭。

「東西在這裡。」

店員從桌下拿出藍色的小木盒，輕輕放在悠人正前方。

「請聽。」

悠人雙手拉過盒子，打開盒蓋，視線落在盒中機械上，手指握住細細的把手，開始轉動。

流瀉而出的，是一首搖籃曲。

一開始速度忽快忽慢，不甚流暢的旋律，逐漸穩定下來。聽著那樸實的音色，美咲不禁愕然。

那是她非常熟悉的曲子。美咲自己不知道哼唱過多少次。唱給悠人聽。

嬰兒時期的悠人很少哭鬧，唯獨不太容易入睡。彷彿下定決心不想錯過任何世界上發生的趣事，他總是睜著那雙漆黑圓亮的大眼，怎麼也不肯睡。在發現耳朵的問題前，為了哄兒子入睡，美咲反覆哼唱那首搖籃曲。那時，她會將悠人抱在懷裡慢慢搖，有時也讓他躺在床上，一邊唱一邊用手輕拍他的肚子。

我的聲音，這孩子接收到了。

美咲眼前那個藍色盒子變得模糊一片。悠人慢慢轉動把手的胖嘟嘟小手也模糊一片。她不假思索抽了面紙，按壓眼角。

音樂盒的聲音中止。

薄薄的面紙瞬間滲透，美咲從口袋裡取出手帕。不斷擦拭眼睛的這段時間，悠人一直不知所措地摩挲她的背。手心溫暖的觸感好舒服。

這孩子學會的事，比自己想像的更多。明明沒有人教過他，他卻知道看到流淚的人，就要摩挲對方的背表達安慰。

一直以為是自己陪伴在悠人身邊，不管發生什麼事都要守護他。不過，其實正好相反。是悠人一直陪伴在自己身邊，守護著自己。忽然覺得有點滑稽，美咲一邊哭，一邊輕聲笑起來。

「對不起。」

不能哭。要讓悠人明白哭泣不是因為悲傷，而是因為喜悅，不是一件容易的事。

雖然不容易，還是想讓他明白。

「謝謝你。」

原本一臉憂慮窺看美咲眼睛的悠人，表情終於放鬆下來。

安詳的搖籃曲，在美咲耳邊響起，也在心中迴盪。受柔和的音色包圍，不知不覺止住淚水。

哼歌

那個圓形的淺盤子像早晨的霧靄一樣呈半透明乳白色，以溫潤厚實的玻璃製成。直徑約三十公分，有著以單手拿時略顯吃力的沉沉重量。邊緣圍了一圈金色藤蔓的鑲邊圖案，仔細看，葉子底下還停憩著兩隻小鳥，所以梨香總說那個盤子是「小鳥盤」。

「讓您久等了。」

順平目光盯著擺有類似盤子的陳列貨架，倒也沒認真端詳那些盤子，聽見背後傳來的聲音，便轉過頭去。

「真是非常抱歉，您想找的商品不巧已經停產了。」

中年女店員深深低下頭，語氣彷彿犯下了無可挽救的錯誤。受到她的態度影響，連順平也不由自主道歉。

「這樣啊，不好意思。」

其實也不是專程想找那個盤子，只是在店員熱情招呼下想起了兩年前的事，就試著問了而已。

「同一系列的大盤子，如果是設計稍微不同的，還有幾個存貨。您要不要參考一下目錄呢？」

不給順平拒絕的餘地，店員不由分說地推銷起來。塗上紅色唇膏的嘴唇閃著油光。

「那麼請稍等。」

幾組客人經過再次被丟下的順平身旁。大概因為中元假期的關係，店內有許多攜家帶眷的客人，有年輕男女也有老夫妻。明明店裡賣的是易碎物品，卻放任小孩發出怪聲四處奔跑。

那個盤子打破時，梨香沒有生氣。只是表情肅然地說，沒辦法啊，只要是有形的物體，總有一天一定會壞掉。

有形的物體一定會壞掉。最近，這句話一直在順平腦中縈繞不去。

擺脫纏人的店員，走出店外。

在運河畔隨性亂走。或許是天上滿布烏雲的緣故，感覺比東京涼快多了。不過，河邊還是有點悶熱。無論是石板小路旁，還是運河對岸邊，都有一整排古意盎然的西洋建築。有的拉下鐵門，看似廢屋，也有的從屋內透出燈光，大概是重新裝潢過的店家吧。身邊不時有觀光客擦身而過，有人在運河橋上拍照，有人和旅伴一起對著導覽書討論，每個人看起來都很開心。

每次遇到岔路，順平就刻意選擇人少的那條走，這樣走下來，身旁人影漸漸消失。停在橋端往下窺看運河，幽暗的水面映出一張陰氣沉沉，面無表情的臉，隨著漣漪無力搖蕩。

移開視線，再次環顧四周。這一帶感覺像是第一次來，又覺得似乎有印象。

「小順你啊，為什麼總是記不住店名和路呢？」

和梨香一起外出時，她經常這麼受不了地說。比方說，在雜誌上看到時曾說想去看看的咖啡店，或是去了之後發現意氣相投，日後還想再去一次的唱片行，若問順平這些地方怎麼去，他全都回答不出來。

「你真的很沒幹勁欸。」

「因為沒必要啊。」

反正梨香都會記得嘛。就算不記得，她也會立刻動手查。

「又來了，小順最會的招數就是『交給別人』啦，你這點最好想辦法改一下，我說真的。」

大概因為大順平四歲的緣故，梨香經常用指導的口氣對他說話。然而，也可以說是因為她每次都速速做出決定，根本輪不到順平出頭啊。當然，這些話不能對她本人說。

「跟我在一起的時候還好，一個人的時候，看你怎麼辦？」

「沒問題，我一個人的時候可是很爭氣的。」

這不是脫身用的場面話，大學時代就不用說了，即使進入社會後，順平總是很爭氣。至少他一直都這麼自我要求。上司和同事也從未指責他一個人就什麼都做不好，反而經常稱讚他年紀雖輕卻很靠得住。

「只要我想做，還是做得到喔。」

梨香一臉懷疑地聳聳肩。

不過，她心中應該也是認同的吧。要不然，現在這樣豈不是自打嘴巴。一邊用一副什麼都懂的樣子說「看你一個人的時候怎麼辦」，一邊卻像這樣丟下順平一個人。

梨香開口說要回老家，是差不多一個月前的事。那是個星期六，兩人都休假不用上班，在家吃完晚飯後，順平躺在電視機前，正在看足球轉播賽。

「回去放中元假嗎？」

注意力還有一半放在電視畫面，嘴上這麼問，內心卻暗忖真難得。自從兩人住在一起後，梨香幾乎不曾回老家。頂多元旦回去一天，而且當天晚上就回來了。

梨香討厭故鄉。她說那是個只有山、海和田，鄉下到不能再鄉下的地方，全鎮的人都互相認識。對出生在東京近郊，這輩子還沒離開過的順平而言，實在很難想像那種環境。順平從未拜訪梨香老家，也沒見過她父母。剛開始同居時，曾想過該去打個招呼，梨香卻說「那樣事態會搞得很複雜」，他也就放棄了。反正又還沒打算結婚，從梨香當時的語氣聽來，她應該也想避免「複雜的事態」吧。

「嗯，暫時。」

「暫時？」

順平花了一點時間才聽懂這話的意思。

直起上半身，扭腰朝梨香望去。只見她坐在矮桌前，像年幼的孩子一樣抱著膝蓋。

「那是什麼意思？」

似乎有哪一隊錯失了得分的機會，背後的螢幕裡傳來失望的叫聲。

「還有什麼，就是這個意思啊。」

現在梨香不知道怎麼樣了。

結束相親了嗎，或者還沒呢？說起來，相親對象究竟只有一個還是好幾個，詳細情形順平沒問，也不知道。

那天之後的一個月，順平盡了自己最大的努力。首先，像每次吵架時一樣道歉。然而，梨香的反應卻和平常不同。既沒有半開玩笑地用「乾脆分手好了啊」表示和解，也沒有更激動地喊「不要隨便道歉」。她只是露出為難的表情，沉默不語。

順平認為自己應該表現出更多反省的意思，頻頻稱讚梨香做的晚飯好吃，飯後也主動洗碗，明明不是輪到自己，還是用吸塵器吸了地。每次梨香都客氣地說「謝謝幫忙」，但那依然與平時吵架之後的樣子不同。這時順平才終於領悟，這次用平常的方式對應是行不通的。

於是，平時根本不會做這種事的他，才會策劃了這次的旅行。

之所以決定來這個城市，也是因為這裡是兩人第一次旅行的地方。當時他們都很喜歡這裡，還一直說下次要再來，只是始終沒有機會，就這麼不了了之了。老實說，在事情變成今天這樣之前，順平幾乎忘了這件事。拚了命想改變梨香的心意，死命思考如何挽回時，過去快樂的旅行回憶忽然浮現腦海，對順平而言，也像獲得某種啟示。

「利用中元假期再去那裡玩一次吧？」

抱著賭一把的心情，順平提出邀約。

「飛機和飯店都由我來準備，梨香只要跟我來就好。」

「我考慮看看。」

聽到她這麼回答，順平鬆了一口氣。梨香的個性是凡事有話直說，如果根本不想來，一定會當場拒絕。

做夢也想不到，她竟然會在臨行前才萬分抱歉地說對不起。

「我還是不能去了，機位我自己取消，錢也會照付。」

順平張口結舌，看著眼前低下頭的梨香。

想說的話太多。為什麼？再考慮一下啦。應該說「不去」，不是「不能去」吧？是說，為什麼突然要去相親啊？

但是，順平實際說出口的卻是：

「啊？是喔。」

只能愣愣地這麼說。

就這樣，順平賭的這一把也輸得很乾脆。也想過索性把自己的飛機和飯店都取消，但一想到如此一來，費心安排的五天連休就得獨自在沒有梨香的公寓孤獨度過，不由得一陣厭倦。再者，若是遠離東京的酷暑，前往北方涼爽的城市，說不定也能稍微轉移注意力。

可惜這是錯的。就算出門旅行也無法自然地轉移注意力。結果不管去了哪裡，占據心裡的事還是不變。

離開運河，彎過一個轉角時，一間店映入眼簾。盯著櫥窗看了一會兒，順平像被什麼吸引似的推開店門。門上的鈴鐺響起清脆的哐啷聲。

店內無人。沒有客人，連店員也沒有。天花板上的電燈沒開，難道是休息時間？不，如果是休息時間，店門應該會上鎖。

就著櫥窗裡發出的光，慢慢靠近覆蓋整面牆壁的大櫃子，那裡整齊排放了各種不同大小的透明音樂盒。

「歡迎光臨。」

突然響起的聲音，令順平縮回伸向櫃子的手。

店內深處那張桌子旁，如今站著一個身穿黑色圍裙的男人。似乎是剛從桌子後方那扇門走出來的。想起餐具店內那個纏著人推銷的店員，順平立刻起了戒心。

「您請慢慢看。」

出乎順平意料的是，店員只淡淡這麼說，沒有要靠近的意思，是不是提不起勁工作啊。店員身材單薄高瘦，該說是沒有存在感，還是和店內陳舊的氣氛融為一體呢，遠看甚至分不出那裡站的是人還是店內陳設。

順平姑且放鬆緊繃的肩膀，視線在櫃子上游移。盒子側面都貼有小標籤，上面印著曲名或歌手名等小字。有昭和時代的歌謠，也有好萊塢電影主題曲和偶像流行歌。此外，從童謠到演歌，從披頭四到美空雲雀，連蕭邦和卡通歌都一應俱全。

好像梨香哼的歌。順平忽然這麼想。梨香熱愛音樂，種類不拘，也沒有規則性可言，經常沒頭沒腦地哼起當時腦中浮現的旋律，一哼起來就哼個不停。

兩人的相遇，說來也拜音樂之賜。

大四那年暑假，順平去參加了一場舉行在北陸的音樂祭。要好的同學是廣泛的西洋音樂迷，受他之邀，就那麼去了。當時順平剛在就職活動中拿到公司的內內定❶，正好有空。

搭在廣大滑雪場上的音樂祭會場，設有好幾座舞臺。多組來自海外的知名音樂人及日本的人氣樂團，同時在不同舞臺上進行演出。順平的朋友為了看遍所有想看的表演，事先擬定了周詳的趕場計畫。一開始順平也跟著他到處趕場，穿梭於各舞臺之間，不過，因為受不了擁擠的人潮又捱不住熱，很快就發出哀號。

約好傍晚再次會合後，順平和朋友分開，避開熱門的大型舞臺，隨意遊走在場內幾處較小的簡易舞臺。在這些舞臺上表演的，多半是知名度較低或剛出道的樂團，觀眾也比較悠哉。萬里無雲的天空下，甚至有攜家帶眷前來的觀眾，在綠意盎然的草地上打開便當野餐起來。

打算喝點啤酒，正要往販售處走時，順平忍不住駐足。一陣哀戚的吉他樂聲乘著風，傳入他的耳朵。

相似的幾座舞臺中，只有傳出吉他聲的那座舞臺前方特別熱鬧。正在演奏的年輕地下樂團的成員家鄉就在這裡的事、他們剛推出的新歌已打入電臺熱門點播

❶日本的大學生普遍於在學期間展開就職活動，企業若有意僱用便會發出內定或內內定通知。

排行榜的事，以及歌迷們紛紛猜測他們就要正式出道的事，這些順平當時一點也不知情。只是樸實的吉他聲中，女主唱那彷彿正低喃某個祕密的歌聲吸引他走進了圍繞舞臺的人群中。

右腳腳背傳來劇痛，是下一首曲子剛開始沒多久的事。

「好痛！」

聽到順平的嚎叫聲，前方幾個正隨音樂搖擺的人受到打擾，一臉不悅地回頭。還以為踩了自己腳的是彪形大漢，沒想到凶手是個嬌小的女生。看來這一腳踩得相當用力。她頻頻道歉，為防萬一還交換了聯絡方式。梨香這個名字，就是那時得知的。

倘若立場相反過來，兩人之間說不定什麼都不會發生。如果被踩到腳的是梨香，她肯定只會狠狠瞪視踩了她腳的粗心男人，不會想到交換聯絡方式。順平也一樣，如果是自己踩了女生的腳，光是忙著道歉打圓場都來不及了，大概無心注意到梨香可愛的長相吧。

回東京幾天後，梨香傳來簡訊，問順平的腳有沒有問題，事情就這樣順利發展了起來。

約莫一個月後開始交往，半年後順平畢業開始工作。巧合的是，順平任職的汽車製造商營業所，和梨香擔任老師的幼稚園就在同一個城鎮。每星期總有一兩天，兩人下班後會相約見面。隔年，從老家到市中心通勤，單程就要花上一個半小時的順平終於筋疲力盡，就在他考慮搬出來住時，和梨香合租同一間公寓的女室友決定結婚，要搬走了。「不然搬來我家？」梨香隨口一問，順平也沒想太多，就這麼道謝接受。

相遇至今四年，住在一起兩年半，一切都很順利。本該是這樣的。

沒想到。

「擺在那邊的只是一部分喔。」

順平差點被這聲音嚇得跳起來。不知何時，剛才的店員已站在身邊。

「本店也有特別訂製的服務，提供符合每一位客人需求的音樂盒。」

順平發現自己在不知不覺中找尋起那個樂團的名字。明明想也知道，四年前只紅過一陣子就消失的無名地下樂團曲子，怎麼可能做成音樂盒。

「任何曲子都可以喔。」

店員再次強調。順平逃也似的離開了那間店。

不確定來時的方向，順平往隨便推測的方向走去。道路愈走愈寬，車輛和行人愈來愈多，不久便踏上一條觀光客熙來攘往的鬧街。

街邊是成排大大小小的商店，有普通的紀念品店，有賣這座城市特產的海產專賣店，其中也夾雜著咖啡店和餐廳。發現十字路口斜對面的蛋糕店招牌，順平沿著斑馬線晃過馬路。

「找到了，就是這裡。」

一個身材豐滿的年輕女人越過順平走進那間店。她和被她抓著手腕拉進店裡的男人都與順平年齡相仿。彷彿受到大大敞開的自動門邀請一般，順平也踏入店內。

瞬間，一股甜美的香氣撲鼻而來。一樓是外帶賣場，擺著ㄈ字型的展示櫃，裡面陳列著新鮮蛋糕與烘焙點心，幾個穿粉紅色圍裙的服務生站在後方。可以在這裡挑選喜歡的蛋糕，帶到二樓附設的咖啡店享用。

兩年前也來過這間店，還正好就在這個展示櫃前和梨香起了爭執。

起因只是微不足道的小事。不知該選招牌商品的舒芙蕾起士蛋糕好，還是選限量販售的芒果塔好，梨香猶豫不決了很久，於是徵求順平意見。

「你覺得選哪個好？」

「選哪個都可以吧？」

等得不耐煩的順平一這麼敷衍回答，梨香就垮下一張臉。心知這下不妙，順平立刻補上一句：

「選不出來的話，兩個都吃如何？」

「那樣太浪費了啦。」

梨香的表情更嚴肅了。明明是為了她好，順平完全搞不懂梨香為何生氣。

「小順每次都這樣，老是不認真思考。」

結果就那樣出了店外，蛋糕也沒吃成。

回想起來，兩年前的旅行並非盡是開心事。不只蛋糕的事，不管做什麼，梨香都嫌浪費。運河上的遊覽船或介紹老街歷史的人力車，她連看都不看一眼。順平提議晚餐可以吃奢侈一點，梨香卻寧可選擇居酒屋也不要去壽司店。像順平剛才辦完入住手續的那間面向運河建造的老牌旅館，換作梨香一定不會選來住。

順平並不是想追求奢華，也沒那麼喜歡搭人力車。只是難得大老遠來，總會想嘗試做些特別的事。然而，梨香似乎認為節儉不是小氣，而是「認真思考」的證明。順平預感這個問題不能敷衍帶過，只好先問「思考什麼」，梨香馬上板著一張臉回答「將來」。

「要選哪個？」

早一步入店的那對男女，頭靠著頭往蛋糕櫃裡邊看邊討論。

「我想吃起士蛋糕或藍莓塔。」

「那就兩個都吃啊。」

「兩個太多了，吃不完多浪費。」

站在後面的順平忍不住豎起耳朵。

「難得來一趟，有什麼關係。」

「不行啦，只能從中選一個，不然多對不起蛋糕。」

「對不起蛋糕？妳在講什麼啊。」

男人一這麼嘟噥，女人就撇過頭去。加油。順平在心中默默為男人打氣。

「好啦，好啦。」

男人摟住女人的肩膀。

「那妳就選起士蛋糕吧，我選藍莓塔，一人一半分著吃。」

「太好了，謝謝你！」

目送他們踩著雀躍的腳步上樓，順平覺得一切都好荒謬。走向蛋糕展示櫃，點了一個起士蛋糕和一個藍莓塔。

沿著運河慢慢行進的遊覽船甲板上，滿是成雙成對的男女觀光客。

中央雖然放了幾張長椅，幾乎所有人都站在環繞甲板的欄杆旁，欣賞周遭緩慢流過的景色。順平右邊是一對年紀看似國中生，面孔還很稚嫩的男孩女孩，兩人以生硬的姿勢牽著手，正經八百地盯著前方。左邊則是一對約莫二十多歲的男女，無視風景，只顧著卿卿我我。他們對面的中年夫妻，有著說是兄妹也不為過的夫妻臉，拿著一模一樣的望遠相機拍個不停。船尾附近一對白髮老夫婦，挽著彼此枯枝一般的纖細手臂，空著的另一隻手則抓緊船欄。那彷彿不輸年輕情侶般緊貼在一起的身體，與其說是深情的展現，不如說是為了站穩腳步，確保安全。不，正因為顧慮到彼此的安全，才稱得上是深情的展現吧。

不分年齡，在這裡的每一對男女，真的都有認真思考將來嗎？或者，過去曾經思考過嗎？看著男人們像女兒節人偶一樣各自依偎著自己選擇的女人，順平真想輪番詢問他們，你們有認真思考過嗎？

梨香開始頻繁提起「將來」兩個字，是這一年左右的事。跟她動不動就把「二十代的最後一年」這個危險的開場白掛在嘴上的時期重疊。

儘管梨香總是怨嘆年紀比自己小的男友漫不經心又靠不住，順平並不認為自己過一天算一天，也不用靠梨香養。在公司身為正式員工老實地工作，房租和生活費和梨香一人出一半，自己也有一點存款，領到加班費或獎金時，經常請梨香上餐廳吃飯。近年來，社會上的年輕男人經常被揶揄沒有生活能力，相較之下，順平認為自己的表現算是高於標準了。

「我也才二十五歲。」

有一次，他這麼回嘴。這個年紀的男人會把注意力放在規畫將來才奇怪吧。

「很快就要二十六了，四捨五入不就三十了嗎？」

梨香不服氣地反駁。

「幹麼要四捨五入？」

「很方便不是嗎，這麼一來我們暫時就算同年齡了啊。」

說這句話時，她的眼神已失去笑意。

「同年齡、同年齡……」

梨香用奇怪的節奏反覆哼唱這三個字，什麼都可以唱成歌是她的毛病。雖然總是喜歡擺出老大姐的架子，但也因為有這種孩子氣的地方所以很可愛。

這讓氣氛緩和下來，順平忍不住得寸進尺。明明遇到年紀的話題時，早早結束才是不可動搖的原則，卻又多嘴說了句：

「二十六和三十完全不一樣好嗎。」

「這種事我當然知道。」
梨香的表情瞬間暗下來，順平慌了手腳。
「我一點都不在意啊，梨香外表原本就年輕，皮膚也很好。」
不是想安撫她，這是真心話。順平一點也不在乎梨香的年紀。
上個月，梨香滿三十歲了。一過三十歲，她就忽然什麼都不說了。還以為事情總算告一段落，怎麼會有這種少根筋的念頭呢，是否真如梨香所說，自己的日子過得太漫不經心了？
「你看，有海鷗。」
左邊的女人手指向斜上方。順平跟著抬起頭，看到兩隻胖得快炸開的雪白海鷗，優雅滑翔而過。
決定不再想了。這是梨香的問題，一切端看梨香決定。自己在這種地方為每件小事煩惱也不是辦法。能做的事都盡力做了，剩下的，就看梨香如何出招。
「嗳，你看。」
這次開口的是右邊的國中生，甩著腦後的馬尾輕聲細語。又是海鷗嗎？不經意地隨渾圓指尖指示的方向望去，順平不由得倒抽一口氣。

運河盡頭的港口上空烏雲密布，只有一個地方出現空隙。亮白的陽光，就從雲縫間筆直射向海面。

要是梨香也來了該多好，就能和她一起目睹這近乎神聖的澄淨光束了。發現自己再次放不下思考，順平用力甩頭。已經夠了。一邊用比剛才更強硬的口氣告誡自己，一邊凝神注視那道光。就算一個人，我也沒問題。

就算是我，只要想做還是做得到。至少，在職場上早就身為一個社會人勤奮不懈地工作。只有和能幹的梨香在一起時，因為她什麼都會先搶著做好，才會造成事事依賴她的結果。

這次就好好享受自己一個人的時光吧。起士蛋糕和藍莓塔都很好吃，飯店預約的是最高樓層的房間，聽說入夜之後，將能一覽無遺窗外夢幻的運河夜景。乾脆明天去那間賣玻璃餐具的店買紀念品吧。好好享受，充分享受這次的旅行，讓梨香後悔沒有來。說不定她早就有點後悔了呢。畢竟就在不久前，梨香還在電話裡跟母親吵架，說自己絕對不會去相親。

總算打起一點精神了。拿出手機查詢市區的壽司店，看著液晶螢幕上顯示出一張又一張色彩鮮豔的握壽司照片，嘴裡情不自禁冒出唾液。

兩小時後，即將沒入黑夜的巷弄深處，站在那扇拉起的拉門前，順平躊躇不前。

眼前掛著寫有店名的藍色招牌門簾，隔著霧玻璃也能看到店內透出燈光，肯定正在營業中。只是看不到店內的狀況，還是有點不敢進去。除了迴轉壽司外，這是自己第一次單獨上壽司店，心情自然更加緊張。順平刻意避開高級餐廳和專門招攬觀光客的大型店，選定旅館附近的這間店。從網路上的評價看來，這間店規模不大，卻是從以前就受地方居民喜愛的名店，頗具歷史的外觀也與這點相符。

吸口氣，手放在門上。都到這裡了，沒道理回頭。早已決定要像個獨立自主的成熟男人，坐在吧檯邊的位子帥氣喝兩杯。或許還能和店主或鄰座客人聊開來，電視上的旅遊節目不是經常出現這種場面嗎。萍水相逢的旅人一邊品嘗當地特有的美酒與佳餚，一邊聽碰巧同席的常客聊當地的話題，共度愉快的一夜。

拉門發出輕快的咔啦聲，比想像中還滑順地拉開了。

店內出乎意料寬敞，背對店門右側的吧檯座有七個位子，左邊還有鋪了榻榻米的座位區。脫鞋區的扁平踏腳石上整齊擺放著幾雙各式各樣的鞋子，有皮鞋、女性涼鞋和兒童運動鞋等。

無人的吧檯座位與傳出熱鬧聲響的座位區形成對比，這點倒是出乎預料。擔心是否選錯店了，瞬間差點轉身，但事到如今已無法回頭。站在擺滿魚料的櫃檯後方，身穿白色上衣的店主開口打了招呼。

「歡迎光臨，請選自己喜歡的位子坐吧。」

語氣固然客氣，臉上卻沒有笑容。年紀看起來比順平的父親大一點，約莫六十上下吧。曬得黝黑的肌膚刻劃深深的皺紋，一看就是那種沉默寡言，有自己脾氣的老師傅。

順平戰戰兢兢往前幾步，裝作若無其事的樣子偷窺座位區。榻榻米上擺著三張矮桌，已有兩張坐了人。兩邊都是攜家帶眷的顧客，桌上的盤子也都已經空了。

剛才聽起來熱鬧的聲音，原來並不是他們的對話聲。發出大笑與說話聲的是放在高架子最上方的電視。座位區上的大人小孩都出了神似的，癱坐在榻榻米上，專注觀賞猜謎節目。

順平重新轉向吧檯，無法決定該坐哪個位子，最後拉開離自己所站之處最近的中央那張椅子。大概是店主的太太吧，一位身穿白色日式圍裙，上了年紀的婦人送上擦手巾。

「請用。」

微笑的寒暄與冰涼的溼巾令順平感覺重回人間。叫住打算退回店後的老闆娘，跟她點了啤酒。

瓶裝啤酒立刻端上桌，順平一邊倒酒，一邊觀察店主。只見他雙手抱胸，皺著眉頭，彷彿刻意迴避顧客視線般，眼神盯著半空中的一點，感覺難以親近。

直到順平喝光一杯啤酒，他都沒有改變姿勢。

「請問……」

小心翼翼試著搭訕，店主才像嚇了一跳似的抖動肩膀，低頭望向順平。

「是。」

「麻煩您幫我捏個壽司。」

「魚料由我決定就行了嗎？」

他面無表情地說。

「是。」

才剛點完頭，順平又擔心自己是否搞砸了。聽到「由我決定」四個字時，腦中立刻浮現梨香最討厭自己什麼事都交給別人決定。

內心暗自苦笑。梨香又不在這裡，何必那麼心驚膽跳。再說，這裡的「由店家決定」並不是把責任全部推給別人的意思，只是一種點餐方式罷了。由店主按照適當的時機端出建議的餐點，是第一次上壽司店的人也能放心享用的方式。這種事就連順平也知道。雖是第一次獨自上門，但並不是第一次來壽司店。小時候跟著父母上過壽司店，公司招待客戶時也曾去過。

小巧的握壽司，每一種都很美味。醇厚的海膽在舌尖上融化，花枝則是留下稠密濃厚的餘味，大紅色的鮭魚子在嘴裡劈啪迸裂。拜店內客人不多所賜，上菜的時機也無可挑剔。才剛吃完一貫，下一貫立刻上桌。

只是，店內實在有點太安靜了。

攜家帶眷的客人輪番結帳離開時，店主也只用充滿威嚴的聲音喊了聲「謝謝惠顧」，之後從頭到尾都是沉默無語。他默默捏壽司，順平也默默吃。只有電視的聲音從無人的座位區傳出來，掩蓋兩人之間的沉默。進店前暗自夢想的「旅途中與人交心」的場面，看來是一點都不可能發生了。

一眨眼便吃完十幾貫壽司，將最後的玉子燒放入口中時，忽然覺得好飽。順平小口啜飲剩下將近半瓶的啤酒時，店主快手快腳收拾完手邊的東西，又抬起頭盯著半空看。

沒有搞砸。順平心想。不需要對自己這麼失望。目的充其量就是壽司，既然已飽嘗美味的壽司，就該心滿意足。這世界上有喜歡與客人互動的師傅，也會有內向的師傅。這位師傅雖然沒那麼平易近人，手藝卻是無可挑剔，這樣就夠了。覺得他的動作是在暗示吃完就快閃人的想法，只不過是自己想太多。

「唔！」

突如其來的悶哼聲嚇了順平一跳，抬起頭，正好看到店主朝這邊瞥了一眼，露出不好意思的苦笑。

轉身確認，順平這才終於搞清楚了狀況。原來師傅既不是盯著半空冥想，也不是刻意對順平視若無睹，他只是把注意力放在電視上罷了。電視已經從剛才的猜謎節目轉臺，改成播報棒球賽事的新聞。地方上的球隊似乎在今晚的比賽中慘敗。

不知怎地，緊繃的身體倏地放鬆。與店主四目交接，順平輕笑起來。

店主害臊地低下頭，往店內後方走去，看來相當不好意思。心想差不多該結帳了，順平一口喝乾啤酒。

幾分鐘後，店主回來了。

「那個，要是不嫌棄的話，請用。」

隔著吧檯遞出來的是一個碗，順平用雙手接過。是一碗紅味噌湯。

呼呼吹氣，喝一口，魚香濃烈，而且很燙。喝了湯，整個人打從腹底暖和上來。

外頭下著雨。

順平反手關上拉門，從屋簷下抬頭仰望天空。雨下得比想像中大，東京是否也在下雨呢？梨香老家的那個小鎮也是嗎？

真是的，小順，你沒帶傘嗎？

耳邊響起梨香的聲音。氣象預報不是說晚上會開始下雨嗎？我不是叫你把折傘帶著？真拿你沒辦法，一起撐吧。幫我拿著這個好不好？肩膀有沒有淋溼？還好嗎？

一點也不好。

只想一屁股坐在濡溼發亮的黑色地面上，像耍賴的孩子一樣跺腳吵鬧。一個人做什麼都不順利，吃什麼都不好吃，所以才希望妳可以在我身邊吶。

事實上順平也很清楚，梨香這次是認真的。會接受回老家相親這件事，既不是心血來潮隨便答應，更不是故意要氣順平，而是下定了決心。以她的個性，一旦做出決定就不會半途而廢，所以總有一天，就在不遠的將來，梨香一定會丟下順平，離開東京。

打包東西肯定花不了多少時間。還記得第一次受邀到梨香住處時，屋內擺設簡單得令順平吃驚。她是個沒有物欲的女人，生日也好，聖誕節也好，都說不需要特別買禮物給她。一起旅行時，就算會買紀念品給別人，也不會買給自己。順平自己物欲也不強，對此向來沒有異議。比起一天到晚吵著想要這個、想要那個的女人，梨香這樣的女朋友好多了。

就這樣，順平從來不曾深入思考梨香真正想要的是什麼。可以說是怠忽思考。

只要有音樂——心情好時，梨香經常說，我只要有小順和音樂就心滿意足了。她還說，手邊東西增加只會讓人心煩，感覺不自由又動彈不得。順平始終不懂這話的意思，又沒人要她背著身家財產到處跑，動彈不得是什麼意思？

可是現在，梨香正可說是無拘無束，想去哪裡都能輕易前往。

上次在這個城市買下的有小鳥圖案的大盤子是少數例外。不過，就連那個盤子也已經破了。當然不是自然破裂，是順平打破的。想收進櫥櫃時手一滑，還來不及驚呼，玻璃盤子就發出尖銳的聲音碎裂迸散。還以為這下梨香一定會震怒，都做好被罵的心理準備了，她卻只說沒辦法，帶著某種無奈的語氣。聽她這麼一說，順平反而不知所措。有形的物體總有一天一定會壞掉喔。

順平已經無法阻止梨香了。只能放棄，眼睜睜看她離開。但是至少該祝福她未來幸福吧，只能這麼做了。自己一個人。

動不動就指責順平「一個人的時候看你怎麼辦」的梨香一定早就察覺了吧。只要有心，順平也不是辦不到。不是辦不到，明明辦得到卻不去做而已。連思考該做什麼才好都不去思考，對如此怠惰又依賴的男友，梨香終於失去耐性了吧。

背後傳來開門的聲音。

「咦？」

差點撞上順平肩膀的店主眨著眼睛，一臉訝異。

「不好意思，因為下雨了……」

「喔，下得還滿大呢。」

店主嘴裡喃喃嘟噥，拆下門簾走進店裡。大概是要打烊了。

總不能一直站在這裡發愣，就在順平正想往外踏出一步時，有人從背後拍了拍他。

「請用這個吧。」

遞過來的是一把塑膠雨傘，傘柄上有幾處生鏽。

或許因為天氣的關係，走到大馬路上也只有零星人影。餐飲店招牌的霓虹燈因雨水而模糊，顯得有些寂寥。朝飯店方向前進，彎過十字路口後，馬路突然變窄。街道旁的民宅窗戶滲出白色與黃色的燈光，某處飄來燉菜的味道。

不經意地，腦中浮現東京住的公寓家中景象。

除了那個小鳥圖案的盤子外，家裡還有什麼？兩人一起買的東西，不是食材就是洗髮精、衛生紙之類的，沒有什麼值得留作紀念的東西嗎？拚命爬梳記憶，仍想不出任何一樣東西，這令順平內心震驚。甚至開始覺得，與梨香共度的這四年就要這樣不留痕跡地消失了。

給梨香買個什麼帶回去吧。什麼都好，有形的東西。能實際拿在手中感受的東西。

什麼好呢。轉動雨傘，隔著傘面仰望無數濺開的雨滴，腦中不停思索。相似的玻璃盤——會不會太隨便了。上次沒吃到的起士蛋糕呢——不行，必須是能好好留下來的東西才行。就算有形的東西總有一天都會面臨壞掉的命運，也要盡可能選擇堅固不易損壞的東西。飾品或擺飾呢——愈不占空間的東西愈好，如果是重量輕、體型小的東西，或許是個好主意。

梨香可能會狐疑地問，你怎麼了嗎？該怎麼回答呢？祝福梨香有個美好的未來？還是祝她幸福？

一陣風呼嘯吹過，差點吹跑雨傘，順平用力握緊傘柄。

開什麼玩笑。

把一切交給梨香判斷，二話不說地眼睜睜看她離開，這種事我可辦不到。絕對辦不到。這不只是梨香的問題，是我們兩個人的問題。

停下來等紅燈。想著想著，已經來到飯店前面，過了斑馬線就是那氣派的大門玄關。路上沒有半輛車經過，或許因為太安靜，雨聲聽起來大得過分。

淅瀝淅瀝，滴答滴答，啦啦啦。

梨香總是和著雨聲哼唱。在她工作的幼稚園，只要遇到雨天，一定會唱歌給園童們聽，大概是因為這個緣故，才會老是不假思索地唱起來吧。

對了，送她音樂如何？

順平想起白天去過的音樂盒店。店員確實說了，除了現成商品，也可以訂做喜歡的曲子。

「可以喔。」

店員充滿自信的聲音在耳邊復甦。

真的可以嗎？順平在心中反問。即使是沒沒無名的樂團，而且已經是以前的歌了，也可以訂做嗎？將當年偶然相遇時溫柔包圍兩人的那音樂封在小盒子裡送給她的話，就能順利發展出所謂的將來了嗎？

如果，梨香為這個音樂盒表現出任何一點開心的樣子，就再問她一次要不要從頭來過吧。

試著哼出熟悉的旋律。幾年沒想起過的歌詞，自然而然地脫口而出，真是太驚人了。在柔和的雨中低聲哼歌，順平邁開腳步。

同款紀念品

藍莓果醬看起來很好吃，但吃完就沒了。用七色毛線編織的毛帽雖然很可愛，但一樣的帽子，回地方上的購物中心也買得到。話雖如此，又不需要印有這個城市名字的馬克杯或鑰匙圈之類的東西。

步美在店裡繞了一圈，正好走回店門口時，小萌走上來說：

「這個怎麼樣？很有北國感，不錯吧？」

她抱著一個狐狸布偶，用手抓住蓬鬆的尾巴左右擺動。原本抬頭仰望靠牆櫃子的水原聞言轉頭：

「布偶喔？會不會太可愛了。不然，那個呢？」

水原指的是擺在櫃子上層的纖細玻璃杯。

「可能沒什麼機會用到。」

步美小心翼翼地回答，小萌嘆了口氣，摸摸狐狸布偶的頭。

「沒想到這麼難找。」

今天早上，水原提議大家一起買個同款的東西當作這次旅行的紀念品時，步美和小萌立刻贊成。然而，實際挑選起來，卻是一直無法順利拍板定案。

首先，要符合所有人的喜好就不容易。舉例來說，光看大家的穿著打扮，三人呈現出的氛圍就各自不同了。步美穿著紅色春季風衣，搭配七分牛仔褲，腳上是一雙霧金色的芭蕾平底鞋。身材高眺修長，一頭短髮像男生一樣的水原，穿的是寬鬆的卡其色襯衫和黑色緊身長褲，與腳上的粗獷靴子搭配得很好。比水原矮上將近二十公分，身材嬌小的小萌則是在粉紅色的碎花洋裝上，套了一件長及膝下的白色蓬鬆針織衫。

即使如此，三人再怎麼說仍是好朋友，總不可能完全沒有相同嗜好吧，哪知道合適的紀念品竟然這麼難買。或許因為「紀念」這個詞彙有點沉重，追根究底，這次的旅行原本就是為了留下紀念而策劃。既然要買的是最適合這趟紀念之旅的紀念品，怎能不好好思考。

「好，去下一間店吧，下一間。」

急性子的水原快步走向出口，步美加快腳步跟上，小萌就悠哉地跟在後方。

遠離大馬路，走進一條小巷子後，觀光客和商店的數量急速減少。水原在一家小小的禮品店前停下來。

「這裡好像不錯耶。」

「進去看看吧。」

三人在店內到處看。白木貨架上，商品陳列得很有品味，從餐具到布製品、文具，連稍微高級一點的擺飾品都有。無論商品或店內裝潢都散發時尚洗練的氣質，和剛才那間賣土產的紀念品店截然不同。

說到不同，步美她們住的城市裡也找不到這種店。腦中雖然想得出幾間類似的禮品店，兩者之間卻有決定性的差異。只是到底差別在哪裡，又無法具體說明清楚。

「嗳，那個怎麼樣？」

跑向店內後方貨架的小萌，雙手各拿起一個布化妝包，然後回過頭。右手拿的是沉穩的紫色，左手拿的是鮮艷的紅色，兩個化妝包都有圓點圖案。

「好像是手作商品喔，說是這附近的染布工房做的。」

小萌一邊讀出商標上的解說，一邊將紅色化妝包遞給步美，紫色化妝包遞給水原。遠看以為是圓點的圖案，原來是小小的動物圖案。紅色化妝包的圖案是羊，紫色化妝包的圖案是長頸鹿。

「這圖案好可愛，顏色也很美。」

「容量頗大，感覺很好用。還有其他顏色嗎？」

「嗯，還有粉紅色和藍色。」

小萌回到貨架邊，拿起剩下兩個顏色的化妝包，舉起來展示。

「粉紅色的圖案是兔子，藍色是獅子。不覺得正適合我們嗎？水原是紫色，小步是紅色，粉紅色歸我，藍色就是……」

小萌說到一半，露出不妙的表情閉上嘴巴。

「不錯耶，就買同款不同色的吧。」

水原立刻用爽朗的語氣說道，那語氣甚至可說是太爽朗了。

「也不用這麼快決定啊，不如再看看其他的？」

步美重振精神，委婉地從旁插口，一邊走向貨架，拿起一條和化妝包風格類似，給人質樸感覺的麻質手巾，攤開來打量。

「我看，我也在這裡買個禮物好了。」

「好好喔，有等著妳回去送禮物的人。」

水原咧嘴一笑，用手肘輕輕碰了碰步美，笑容比起剛才已經沒有那麼勉強。

小萌也配合著說：

「真的，小步是幸福的人呢。四月開始，我也要好好努力了。」

「小萌的職場應該有滿多機會認識新朋友吧？感覺年輕人很多。」

大學畢業後，小萌預計進入市區購物中心裡的家電量販店當銷售員。

「從客人裡找也是個方法啊。哪像我，什麼機會都沒有。」

預計回老家建設公司幫忙的水原表情一暗。

「會嗎？建設公司不是有很多男人？」

「說是男人，不是家人就是親戚啊。要是有不錯的對象，拜託兩位儘管介紹給我喔。」

「我們公司搞不好沒什麼年輕男人。」

步美獲得在同市區內的企業錄用，做的是行政工作。那是知名汽車製造廠底下的零件承包商，只是間小公司。

「不過，反正小步不需要認識新對象。」

見小萌點著頭這麼說，水原反而瞪了她一眼。

「說這種話的小萌妳是不是也該買些禮物帶回去啊。」

「咦，我？買來送誰？」

「還有誰，當然是眾多歌迷啊。」

小萌的歌迷很多。無論是大學園遊會的公演，還是城裡Live House的舞臺，總有為數不少的男歌迷為她而來。

「那些都是朋友，才不用買什麼禮物呢，浪費錢。」

小萌說得毫不心虛，水原用力甩頭。

「哎呀真是的，小萌妳好壞喔。」

小萌是個熱愛龐克搖滾的女孩。那張可愛的娃娃臉配上纖瘦的身材，加上有點含混不清的咬字，比起步美或水原，平時的小萌給人更女孩子氣的印象。然而，只要一讓她握住鼓棒，簡直就是判若兩人。甩亂一頭長髮，像被附身似的激烈打鼓，那模樣和平時落差之大，或許就是她挑動男人心的原因。一般來說，像她們這種四人制的樂團，最受矚目也最受歡迎的通常是主唱，「我們團卻完全是小萌壓倒全場呢」，瑠歌經常半開玩笑地這麼說。

步美瞥了一眼正把藍色化妝包放回架上的小萌。不知道現在瑠歌在做什麼。

步美她們幾個組成樂團，是剛上大學不久的事。

最初，成員有擔任貝斯手的步美、擔任吉他手的水原、擔任鼓手的小萌，主唱則是另外一個跟她們同樣隸屬輕音樂社的女生。不料，組團幾個月後，那個女生說不想玩團了，三人在找尋繼任主唱時，步美推薦了和自己畢業於同一所高中的瑠歌。就讀另一所大學的瑠歌原本與同校夥伴組團，當時正好退團。只是，過了一段時間之後步美她們才知道，瑠歌不是自己退團，而是被要求退團的。事到如今，當時為什麼會發生那種事，原因也大概猜得到。瑠歌太固執了，尤其是遇到與音樂相關的事，一旦做出決定就絕不退讓。

即使如此，這四年來儘管有時也會吵架，四人仍能持續組團活動，應該還算合得來才對。

事實上，直到大三學期中，一切都還進行得很順利。對於想做的音樂，四人目標幾乎一致，最重要的是她們都喜歡彼此的演奏。至於性格上的不同，反而可說是一件好事。就算凡事熱情衝動的瑠歌和個性冷靜的現實主義者水原起了衝突，只要步美居中安撫，或是小萌用那少根筋的態度介入協調，爭執總能在不知不覺中平息。

大一時，她們還只是普通的翻唱樂團，演唱的都是現成的歌曲。遇到園遊會或其他上臺機會時，四人會一起商量演唱曲目。她們稱那是「核選會」。

升大二前的春假，為了招攬新生入社，社團主辦了一場迷你演唱會，四人也一如往常地開了核選會。

「這首怎麼樣？」

平常提出想演奏的曲子時總是充滿自信的瑠歌，這天不知怎地，開口竟然有些躊躇。步美她們還錯愕地想，今天吹的是什麼風啊。

「這是誰的歌？」

瑠歌無言伸出手指，指了指自己的鼻尖。

三人很快聽了Demo。大約五分鐘的曲子結束後，眾人依然不發一語。水原和小萌一臉驚愕，悶不吭聲。步美心想，自己的表情大概也差不多。

「抱歉。」

瑠歌關掉播放器的下一瞬間，水原大叫起來：

「幹麼道歉！」

一邊拔高聲音這麼說著，一邊用力拍向瑠歌的背。

「這首太讚了！」

「嗯，非常好聽。」

步美也跟著附和。

「我超喜歡的。」

連小萌也難得露出正經的表情這麼補充。

因為瑠歌說自己不會作詞，歌詞就由外表看不出是文學少女的水原負責。水原完成了從她平常夾針帶刺的言詞完全無法想像的清新熱情歌詞，令步美她們大感佩服。水原雖然害臊地說「是因為曲子本來就好」，受到稱讚時還是難掩得意。這首歌的歌名〈少女之夢〉也由水原命名。

步美最喜歡副歌的部分。

前進、前進、前進吧少女，相信夥伴，勇往直前。前進、前進、前進吧少女，無暇回頭。無須擔憂，我們將實現夢想。我們的夢想絕對會實現——充滿勇氣的歌詞、明快的轉調旋律與快板節奏搭配得天衣無縫。

只有最後一小節的歌詞和水原本來的創作有些不同。提議修改的人是瑠歌。原本的歌詞是「我們的夢想一定會實現」。

「『一定』的力道，會不會有點弱？」

「會嗎？」

水原雙手抱胸，沉吟起來。

「再強硬一點比較好，改成『絕對』呢？『我們的夢想，絕對會實現』如何？」

「不會有點拗口嗎？」

「才不會呢。一、定，改成絕、對，唱起來反而比較順啊。」

「一定……絕對……一定……絕對……」

跟著節奏反覆叨叨絮絮了幾次，水原終於點頭。

「嗯，或許可以改成『絕對』。」

瑠歌露出燦爛的笑容。

「啊，難道……」

步美忽然發現什麼。

「這裡的『我們』，指的是我們嗎？」

「妳現在才發現？」

瑠歌一臉受不了的樣子。

「我寫歌詞時確實是這樣想的沒錯。」

水原跟著嘀咕。

新歌大受好評，每次演唱都會有人問是翻唱誰的歌，回答「是原創歌曲」總讓她們抬頭挺胸。超乎期待的迴響給了瑠歌自信，陸續創作不少新曲，也都由水原填上了歌詞。無論填詞還是譜曲，在她們兩人的原案之上，都會加入步美和小萌的意見，然後才算完成。

即使原創曲目逐漸增加，〈少女之夢〉對四人而言還是最特別的歌。很快地，不只校內，樂團開始在城裡的Live House表演，這時放在最後一首演出的，也往往是這首歌。儘管還是很難得到專場演出的機會，她們開始參加業餘樂團的表演活動，也幾度獲得知名樂團邀請，負責暖場演出。

約莫一年半的時間，一切都很順利。

白天，三人在港邊的魚市場內吃了海鮮丼。

結果還是沒買那個動物圖案的化妝包。水原說，要是明天沒找到更適合的，再回來買這個吧。不過步美認為大概不會回來買了，就這麼剛好有四種圖案，未免太不巧。

光是坐在四人桌用餐時，看到多出的空位都感覺特別醒目。其實瑠歌原本讀的就是與三人不同的大學，聚在一起做什麼時只有三個人的狀況並不稀奇。只是，完全不提瑠歌的名字這一點，不管怎麼想都太不自然了。

「接下來要去哪？」

第一個吃完的水原拿出導覽書，放在不太穩的木板桌上攤開。

包括訂機票和飯店在內，旅行的事前準備幾乎由水原一手包辦。為了替大家留下畢業旅行的回憶，她真的很費心。所以步美再次告訴自己，至少別再想那些多餘的事，才不會辜負她的用心。

「去這個展望臺如何？」

小萌指向打開的頁面中央這麼說。

「可以將大海美景盡收眼底……好像不錯？」

吃過飯後，三人離開港口，往山區移動。

雖說三月已過了一半，北方的風吹起來仍然很冷。遠方可見曲線平緩的山稜線，上面還到處留有殘雪。

一邊嚷嚷著好冷好冷，一邊沿著緩坡向上爬，身體逐漸暖和起來。公車道旁是一排民宅，中間夾雜超市和個人經營的小商店，看得到當地居民進進出出。應是小學年紀的孩子們兩頰凍得發紅，騎著腳踏車吵吵鬧鬧呼嘯而過。

「好悠閒的地方。」

水原舉起修長的手臂，往頭上伸展。不知是否為錯覺，表情和剛才比起來放鬆了許多。步美自己說不定也是如此。與其待在狹窄的室內，像這樣到外面走走，心情比較輕鬆。也可能是因為，這樣就不太會注意到在一起的是三個人而不是四個人了。

步美情不自禁回過頭。

「小步，怎麼了？」

「沒有啦，覺得這地方真不錯。」

被水原一問，步美急忙打個馬虎眼。總不能說，剛才忽然覺得瑠歌好像追來了。

「確實是個好地方。以城市來說，不會太大也不會太小。」

「不是太繁華的大都會，也不是太偏僻的鄉下。」

「不會太勉強，讓人在不知不覺中感覺很舒服，對吧？像是剛才那間禮品店，真希望我們家附近也有一間。因為是港都，所以才這麼有品味嗎？」

「這和港都有什麼關係？」

「當然有啊，大海和世界可是相通的呢。」

她們的老家四面環山，小萌高中時，還曾因為太嚮往大海，趁著暑假跑到靠海的外縣市，在海邊民宿做過包吃住的打工。至於步美，直到國中的修學旅行前，連一次都沒看過真正的海。

以規模來說，其實步美她們老家的城市還比較大。有新幹線會停靠的轉運車站，更是縣政府的所在地。鬧區的繁榮景況，說來並不輸大城市。即使是往近郊方向開展的住宅區，也有大型購物中心和量販店，生活機能方便。很多人生在那裡長在那裡，讀地方上的學校，在地方上找工作、結婚，在地方上成家立業。

另一方面，也有不少人厭倦了平凡無奇的地方都市，一心盼著遠走高飛。瑠歌就是其中一人。

真想早點脫離這種地方，目標是前進東京，正式出道。瑠歌總是意氣風發地這麼說，而步美、小萌，甚至水原都不置可否。

步美她們三人也不是非留在家鄉不可，只是沒有其他可去的地方罷了。要是真如瑠歌說的那樣，能夠獲得正式出道的機會，大家肯定也想放下一切前往東京。

問題就是，要是真有那麼幸運的話。

四個人一起租一棟房子住，去上某某知名音樂節目等等，即使一起興奮地聊著這些話題，對除了瑠歌之外的三人來說，那都只是假設性的話題。就像水原想擁有一把售價幾百萬的 Gibson Les Paul 吉他，小萌想跟追星追了將近十年的樂團鼓手結婚一樣。這些話都不是懷著隨便的心情說出口的，只是實現的可能性畢竟太低，充其量就是些無傷大雅的空話罷了。

瑠歌描繪的未來，和步美她們三人的截然不同。縱然內心隱約察覺，步美仍盡可能地逃避面對這個事實。直到一年前的春天。

那天，四人為了下個月歡迎新生入學的公演開了核選會。步美和水原及小萌一起在社團辦公室等瑠歌來。

「抱歉，久等了。」

瑠歌匆忙趕來時，三人正在談論的，並非自己想演奏的曲目。

「那什麼？」

低頭看到攤在桌子上的手冊，瑠歌皺起眉頭。步美三人莫名一陣尷尬，低垂視線。

就在不久前，這所大學的教務處主辦了一場就職活動說明會。步美和小萌打算找可以住在家裡，方便通勤的公司，因此都參加了，連還在猶豫要不要繼承家業的水原也姑且參加了這場說明會。

「那我們的樂團怎麼辦？」

瑠歌沉著聲音說。

「開始工作之後，還是可以繼續練團啊。」

「當然或許無法像現在這樣，但可以利用工作空檔練習。」

水原和小萌紛紛提出安撫的說詞。

「工作空檔？」

瑠歌打斷她們，語氣與其說是憤怒，不如說是悲哀。

「我們不是說好了，要四個人一起努力的嗎？」

步美她們無法做出任何回應。

沿著小高丘愈往上走，原本和緩的坡道就愈傾斜。擠出最後一絲力氣，勉強爬上陡峭的石階後，眼前視野倏地開展。

「是海！」

氣喘吁吁的小萌突然往前跑，步美和水原也跟上前去。

山丘頂端有處小空地，設置的幾條長椅和長椅後方的木製露天平臺上都沒有人。

三人並肩站在沿露天平臺邊緣裝設的扶手旁，放眼望去，山丘下的街景一覽無遺。建築物的屋頂宛如拼布般相連，穿梭其間的馬路上有許多豆粒大的車行經。那條網狀的發光物是運河吧，橫在其前方的大海閃閃發光，比運河更燦爛奪目。

「呀呴——」

小萌靠在扶手上，藉著雙手圈成的擴音筒大叫。海鷗悠悠飛過晴朗蔚藍的天空，海潮氣味掠過鼻端。

「小萌，反了吧？」

「對啊，一般『呀呴』應該朝山谷喊才對。」

「妳們未免太講究細節了，喊一下很痛快的，有什麼關係。水原和小步也大聲喊看看啊，會很舒爽喔。」

「那我也試試。」

水原表情認真起來，先清了清喉嚨。

「請讓我遇見很棒的對象！」

「聲音好響亮！是說，竟然許願了？」

小萌咯咯笑，步美也跟著噗哧。

「說不要講究細節的不是小萌妳嗎？再說，我可是認真的。」

「好啦好啦，知道了。欸，小步呢？妳要許個和男友早日結婚的願望嗎？」

「哇，真令人羨慕。」

「不是，妳們不要自己編起來啊。」

「啊，我可以再多說一句嗎？」

水原拍了一下手，再次朝扶手外探身。

「瑠歌是大笨蛋！」

步美和小萌驚訝地交換視線，接著用力呼吸，開口大喊。

那天，瑠歌和水原大吵了一場。

放棄就職吧。大家一起去東京吧。瑠歌反覆說著這些話。見步美她們窮於應對，瑠歌的語氣愈來愈激動。

「那我們至今做的一切究竟算什麼？只是學生時代的娛樂？組團組好玩的？我可是認真的，認真做音樂。」

「我們也是認真的啊。」

水原終於忍不住反駁。就算當時水原沒有說，步美或小萌也會開口說一樣的話吧。

「可是，不可能繼續這樣只靠音樂活下去，靠音樂養活自己這種事，沒有嘴上說的那麼簡單。」

像在教小孩一樣，水原用緩慢的語氣繼續說。

「能成功的只是一小撮人，普通人根本就不可能。瑠歌理智上應該也明白吧？」

「不明白，完全不明白。」

瑠歌脹紅了臉，拚命搖頭。

「為什麼要認定自己不可能？妳們打算賴在這種地方腐爛嗎？過那種無聊的人生真的就能滿足了嗎？」

「瑠歌才是，為什麼能說得這麼肯定？無聊不無聊因人而異吧，我的人生可不想被別人說三道四。」

「妳那不過是說給自己聽的藉口罷了！」

「噯，妳們兩個都冷靜一下好嗎？」

無視不知所措的步美，水原冷冷地說：

「這麼想去東京的話，瑠歌自己去不就好了？」

瑠歌一臉為之氣結的樣子，表情扭曲。

「一個人去就沒有意義了，我們是四人樂團啊。」

內心閃過一陣揪心的痛楚，步美硬是忍住了。水原和小萌都不說話。

「也不能因為這樣，就把我們拖下水啊。」

過了一會兒，水原才這麼回嘴，只是聲音裡已少了原本的氣勢。

「拖下水？」

瑠歌難以置信地挑眉，朝步美和小萌望去。面對她求助的眼光，步美轉移了視線。

「我們一起去嘛，好嗎？」

明明想著非回答什麼不可，卻怎麼也說不出話。在步美之前，小萌開了口。

「抱歉，瑠歌，我想留在這裡。」

平靜的聲音。

瑠歌睜大雙眼，緊咬雙脣。輪流瞪視三人後，踩著狂亂的腳步衝出社辦。

後來雖然和好了，也舉行過幾次演唱會，那彷彿調音失敗的疙瘩感也隨著時間流逝而逐漸消失。但是，只要側耳傾聽，就會發現四人演奏時的合音已不像從前那般完美。

水原決定留在家裡幫忙，步美和小萌一起去買了就職活動用的套裝，相約參加企業說明會。

有一次，小萌曾不經意吐露心聲。

「履歷表不是有一欄要填學生時代做了什麼事嗎？每次在那裡寫『組樂團』時，都會忽然討厭起自己。」

步美完全有同感。

「但也沒辦法，畢竟只能那麼寫。」

小萌露出無力的笑容。

「畢業」這兩個字，和「東京」及「出道」一起成了四人之間的忌諱。直到過完年，水原提議畢業旅行之前，誰也沒提過這幾個詞彙。對於瑠歌「我就不去了」的回應，另外三人也不怎麼意外。

走下山丘，往海港方向折返途中遇上了運河。沿著匯流的河川，路旁是一條綿延的細石板路。

「那邊那個是什麼？」

小萌停下腳步，指向幾公尺外的一間店。櫥窗裡，擺放著大大小小的盒子。

「過去看看吧。」

水原率先往前走。在展望臺上大聲吶喊後，一如她本人說的「痛快多了」，現在的水原看起來確實比上午更加振奮。步美也覺得腳步比上午輕快許多。

「歡迎光臨。」

走入店內，迎上前的是一位身穿黑色圍裙的男店員。他身高頗高，身材又很瘦。眾人點頭致意後，不約而同走向牆邊的櫃子。

「數量真多。」

水原發出讚嘆。高達天花板的櫃子分成好幾層，上面排滿的全都是音樂盒。

「有各種曲子呢。」

一一拿起透明盒子端詳再放回去後，小萌這麼說。步美也拿起手邊的盒子，側面貼有曲名或歌手名的小標籤。光是簡單瀏覽，就可看到包括流行樂、演歌和古典樂等各式各樣的音樂，有西洋歌也有日本歌。

世界上竟有這麼多樂曲。

每次走進唱片行，或是看著網路上的音樂串流網站時，心裡也總是這麼想。要能被製作成音樂盒，一定又是其中特別優美的曲子吧。

三人各自試聽起眼前的音樂盒。音樂使用的是歌曲的主旋律，利用有限音階做出巧妙的編曲。

「原來還可以這麼編曲啊。」

「原本以為演歌不適合做成音樂盒，沒想到還滿搭的。」

水原拿起一張放在櫃子角落的宣傳單。

「這上面寫，曲目可從現成曲目中選擇，也可特別訂做喜歡的曲子耶。」

「喜歡的曲子……」

步美和小萌對望了一眼，水原繼續往下讀。

「……最適合用來送禮，為自己或家人留下一個回憶。要不要做一個世界上獨一無二，只屬於您的音樂盒？」

像被老師點到名的小學生似的，小萌用力舉手說：「是！」

「我想製作看看！」

也像聽到學生說出正確答案的老師似的，水原滿意地點點頭。

立刻詢問店員後，三人被帶往店內的桌子旁。步美三人並肩坐成一排，店員則在她們對面坐下。

「那麼首先，請各位選擇機械的種類和外盒。」

即使是最便宜的機械也能奏出十六音階，就決定選這種了。若是需要，聽說店家還可以代為編曲。店員拿出外盒樣本，三人討論了一番，決定選擇令人聯想到積木的彩色木製小盒。

步美選了紅色，水原是紫色，小萌選的則是粉紅色。上午看過的化妝包顏色，或許還殘留在三人腦海吧。店員打開背後的櫃子，拿出三個新的木盒，分別放在三人面前。

「各位願意的話，也可以自行加上裝飾。」

「我想試試看。」

小萌不假思索地回答，店員輕輕點頭，從桌子底下取出一個淺籐籃。

「請自由運用這些材料。」

閃閃發光的珠子、心形或花瓣形狀的亮片、像袋裝零食附贈的人物或動物造型塑膠玩偶、蕾絲與緞帶……籃子裡裝滿各式各樣的材料。作法似乎是用黏著劑將喜歡的材料黏貼在盒蓋上。

「哇，好可愛。」

小萌發出雀躍的歡呼。

「好懷念喔，小時候收集了好多這類東西。」

水原瞇起眼睛。

「我也是，都存放在空的餅乾罐裡。」

「我是放在盒子裡，有時還會跟朋友交換。」

她們花了比想像中還長的時間裝飾外盒。

沒有其他客人上門，店員也不催促，不知不覺就待了這麼久。製作到一半時，店家還招待了飲料，是特地請對門那間咖啡店外送的。一個和步美她們年齡相仿，留著妹妹頭的服務生送來的咖啡，非常燙又有點苦。

步美煩惱了一陣子，終於決定沿著盒蓋四邊貼上星形亮片。小萌右手拿著獅子，左手拿著斑馬造型的動物玩偶，放在盒蓋上一邊四處移動位置，一邊歪頭思考。相較於不斷在錯誤中嘗試的兩人，水原早已在盒蓋上貼好幾個小鳥形狀的釦子，從店員手中接過五線譜紙，正在填上音符。

貼著七彩亮片時，步美一直在心底哼唱〈少女之夢〉。

等小萌在粉紅色木盒的盒蓋上完成一座小型動物園，三人才返回飯店。店員說音樂盒要等到後天上午才會完成，當天中午過後，前往機場途中正好可以去領。

「我覺得，那個店員啊……」

一踏上運河旁的道路，水原就壓低聲音說：

「長得滿帥的對吧？」

小萌幫她把話接完。

「咦？真的嗎？」

步美當時注意力都放在手邊木盒上，根本沒正眼看過人家。比起五官長相，白皙的皮膚和一頭滑順偏長的頭髮更讓她印象深刻。

「比起那種漂亮的男生，我還是比較喜歡粗獷型的啦。最好再多點肌肉，身高倒是那樣就差不多了。」

「小萌，妳的條件還真多。」

「順便跟妳們說，那個咖啡店服務生一定也看上他了。」

小萌說得煞有介事。

「不會吧，真的假的？」

「真的，她凝視店員先生的眼神充滿熱情。」

「那個女生長得很美呢……是說，這個不重要啦。」

水原拉回話題。

「那位店員先生，他好像寫下了什麼曲子吧？」

他雖然離席過幾次，大部分時間都坐在步美她們對面。腿上攤開一本筆記本，似乎在上面寫了什麼。

「那應該是在譜曲吧。」

「好像是，我有瞄到五線譜。」

「可是，那個人好像有戴類似助聽器的東西耶？」

小萌歪了歪頭。

「真的嗎？這我倒是沒發現。」

「我也沒有。」

「這麼說起來，跟他搭話時，他的反應好像真的有點慢。原本以為他只是太專注而已。」

「等等，那說不定不是助聽器喔。」

小萌重新提出自己也不確定的看法。

「雖然被頭髮遮住看得不是很清楚，那好像是個透明耳機之類的東西？」

「是喔，後天再裝作若無其事的樣子看個仔細好了。」

水原以沉思的表情回應。

兩天後再訪那間店時，卻沒時間好好觀察那位店員了。

三人同時睡過頭，匆忙離開飯店時，已經比預定時間遲上許多。前晚因為是旅途的最後一夜，情緒太高漲，三個人都喝多了。

儘管店員建議試聽，她們只能婉拒。請店員把所有人的音樂盒裝在一個紙袋裡，由水原抱著，三人全力衝向車站。往機場的特快電車一小時只有一班，發車鈴幾乎在衝進車廂的同一時間響起。

車廂很空，坐在四人座的包廂座位窗邊，步美與小萌面對面，水原坐在小萌旁邊的位子。

「好險，趕上了。」

水原順口氣，伸手去拿放在對面空位上的紙袋。放在腿上，檢視袋中的東西。

「咦？」

「怎麼了。」

「有四個。」

水原從紙袋裡依序拿出四個褐色紙箱，小萌一個一個接過打開。先是粉紅色，然後是紅色、紫色，陸續拿出三人各自做了點綴裝飾的音樂盒。

只有第四個不是。

「怎麼會這樣？是店員先生搞錯了嗎？」

木盒的材質和大小與其他三個相同，只有顏色不一樣，是一個藍色的木盒。盒蓋沒有任何裝飾。步美小心翼翼地說：

「我們在那間店裡提過瑠歌的事嗎？」

得知上門的三個客人其實不是三人組，而是四人組中的三人，所以貼心的店員多送了第四個木盒——即使聽起來不太可能，步美她們也只做得出這個推測。

水原和小萌同時望向步美。原本已做好被她們取笑自己異想天開的心理準備，那兩人的表情卻都很嚴肅。看來，大家想的都一樣。

「在那裡應該沒提到才對。」

「我也記得沒有。」

步美完全不記得曾提過瑠歌，頂多是在盒蓋上默默貼亮片時，腦中曾浮現她的臉。沒有辦法不浮現，因為手中音樂盒即將奏響的旋律在耳邊迴盪不去，那奔放又幸福的旋律，是瑠歌的創作。

水原和小萌當下的狀態應該也和步美差不多吧。這麼說來，那位店員是讀取——或者該說是聽取了三人內心的聲音。

不，怎麼可能。

「怎麼辦，也沒時間回去還了。」

水原為難的視線落在藍色音樂盒上。

「之後再聯絡店家吧，看來是對方搞錯了，不至於怪我們吧？」

步美這麼說。

「也對，總之，我們先聽聽看吧？」

小萌將粉紅色音樂盒放在腿上，轉動纖細的把手。

「嗯？」

流瀉而出的，並非聽慣的那首樂曲。

那甚至稱不上樂曲。

波隆、波隆、波嘍波隆、波嘍波嘍波嘍波嘍……只有同一音階的聲音瑣碎響起，不成曲調。

「這是什麼?故障了嗎?」

小萌停下動作，窺看盒中機械。把蓋子打開又闔起，翻轉外盒檢查，看起來沒什麼異常之處。

「要不要再多轉一點看看?」

水原如此建議。然而，無論重新轉動把手幾次，結果還是一樣。和放在店裡的試聽樣本比起來，這個音樂盒的聲音低沉太多。

「大家的都沒問題嗎?」

被小萌這麼一問，水原也轉動手中紫色音樂盒的把手。配合她的動作，開始傳出熟悉的旋律。

「啊，這個好像沒問題……」

話還沒說完，水原又皺起眉頭。雖然和粉紅色音樂盒的音階不同，流瀉而出的依然不是三人期待的音樂。

「水原，妳給出去的是吉他譜嗎？」
「不是啊，我寫給他的應該是正常的主旋律啊。」
「那，為什麼……」
忽地領悟了什麼，步美拿起自己的音樂盒。
紅色音樂盒奏出的依然不是主旋律，和粉紅色及紫色音樂盒發出的聲音亦不相同。步美盡可能維持固定速度，謹慎地轉動把手。一連串的低音，組成熟悉的節奏。
「是貝斯……？」
小萌重新拿起她的粉紅色音樂盒。
「這麼說來，我的就是……」
剛才聽來毫無脈絡可言的瑣碎聲響，這時也在耳中組成教人懷念的鼓點節奏。
「把大家的配合起來聽聽看。」
水原的聲音有些嘶啞。
「嗯，一、二、三，數到四就開始。」

起初一直無法順利抓準同時播放的時機，反覆試了幾次後便配合得天衣無縫了。不愧是一起組了四年樂團的夥伴。

「好厲害、好厲害！」

「配合得剛剛好。」

「啊！」

水原忽然發出驚呼，朝對面的空位伸手，抓起一直閒置在座椅上的藍色音樂盒。

「這麼說來，這該不會是……」

藍色音樂盒奏出的，正是〈少女之夢〉的主旋律。

樂曲奏過一輪後，水原仍未停止轉動把手。

「噯，這次讓四個同時開始好不好？」

低聲哼唱的小萌興沖沖地提議。水原試著將紫色音樂盒放在右腿，藍色音樂盒放在左腿上，然後搖搖頭。

「不行，放不穩，也沒辦法一次轉動兩個把手。」

「這樣啊……」

才剛遺憾地皺眉，不知為何，小萌又倏地雙眼發光。

「也是啦，一次兩個是不可能的。」

只見她微微起身，東張西望打量車廂內。低喃了一句「應該沒問題」，又重新坐回位子上，從包包裡拿出手機，抵在耳邊。

「喂，瑠歌？」

步美和水原都愣住了，電話那頭的瑠歌一定也是吧。

「妳聽。」

小萌不由分說地說完，便將電話放在斜對面的位子上。大概開了擴音功能，聽得見電話裡傳來瑠歌模糊的聲音。

「喂？小萌？」

小萌雙手捧著粉紅色音樂盒，對步美及水原使了個眼神。雖然慢半拍，兩人也搞懂小萌想做什麼了。分別伸長了手，將自己的音樂盒靠向手機。

「一、二、三、四。」

小萌用腳打拍子的聲音裡，加入了電車搖晃的聲音。

「瑠歌？妳聽得到嗎？」

步美手不停歇，拱起背部，好讓嘴巴湊近手機。

沒有回應。取而代之的是手機裡傳出的歌聲。和藍色音樂盒一模一樣的主旋律傳入耳中。

「前進、前進、前進吧少女。」

瑠歌在電話的另一端唱歌。一開始微弱的歌聲，漸漸變得強而有力。

「相信夥伴，勇往直前。」

「無須擔憂。」

「我們將實現夢想。」

不知何時起，步美她們三人也跟著唱起來。

同樣的旋律反覆唱了不知道多少次。大概唱到第五次，又或者是第十次時，水原的聲音忽然顫抖。

「去實現我們的夢想吧。」

只有她一個人唱著和大家不同的歌詞，一道淚水滑過水原的臉頰。發光的淚滴落在音樂盒上，彈了開去。

「絕對要實現我們的夢想。」

步美和小萌也臨時改了歌詞。彷彿回應三人一般，瑠歌唱著。

「我們的夢想絕對會實現。」

聲音微微顫抖。澄澈的陽光從電車窗外照進來，將四人份的歌聲融入三個音樂盒的音色中。

故鄉

下飛機的瞬間感到一陣寒氣，三郎不由得打了個哆嗦。

甚至還沒接觸到戶外的空氣呢，該不會是錯覺吧。現在是六月下旬，雖然在通道上的乘客裡，也有些人手上抱著這個季節的東京看不到的厚大衣或外套，不過沒有人穿上身。

「不穿多點去嗎？」

出家門時，妻子這麼建議。

「入夜好像會變冷喔。雖說明天似乎是好天氣，還是穿暖一點比較好吧？」

「帶去增加行李而已，不用了啦。反正只會住一晚，冷不到哪裡去。」

儘管很感謝妻子特地為自己確認氣象預報，三郎還是拒絕了她的提議。要是老實說出其實是不甘願配合那邊的氣溫穿衣服，她大概會翻白眼吧。

將背包掛在肩上，外套釦子全部扣上。一個、兩個……走在後方的人紛紛超越自己。

果然還是很冷，背脊涼颼颼的。如果不是因為氣溫的緣故，那就是心理作用了。冒出這些不像自己會有的念頭，光想就覺得沮喪。快步穿過入境口，從旅行團的接機人員身邊走過，搭手扶梯往下，前往機場旁的電車站。

接到母親聯絡時，原本考慮當天來回，看看能不能明天，也就是星期六一早從東京出發就好。這樣的話，公司就可以不用請假。再者，對三郎來說，原本就希望在那裡停留的時間愈短愈好。但是算一算，即使搭最早的六點多那班車出發，轉乘電車與公車後，抵達當地的時間最快也要中午，會趕不上。話雖如此，他又提不起勁租車。三郎在東京幾乎沒有機會開車，家裡的車可說是妻子專用，只在接送家人或購物時才開。雖然不想讓女兒們知道，但不得不承認，三郎沒有自信像妻子那樣在交通混亂的市中心馬路上開車。

三郎獨自坐在兩兩對坐的四人座窗邊，把耳機塞進耳朵，打開音樂後便閉上眼睛。耳機裡傳出輕快的鋼琴演奏。

直到最近，三郎才終於開始懂得欣賞妻子喜愛的古典音樂。聽得太舒服了，睡魔就此來襲。為了休這天假，昨晚熬夜工作了。

醒來時，電車已經發動。

隔著走道的另一邊，四位中高齡婦女坐在一起，正發出熱鬧的歡呼，一齊朝窗邊探頭。

「好棒，是一望無際的大海。」

「天空也很遼闊。」

四人都化了完整的妝，穿著打扮也頗高雅。年紀約莫比三郎大一輪，應該是六十歲上下吧。腳邊放的登機箱上還貼有航空公司的標籤。看來是孩子們都長大獨立後的一群太太，相約出門小旅行。彼此的關係可能是鄰居，或是學生時代的朋友。

受到她們影響，三郎也朝車外望去，映入眼簾的是一望無際的大海與廣闊的天空。從另一個角度來說，等於除此之外什麼都看不到。水平線正好將窗框框出的長方形風景分成上下兩半。

「要是天氣再好點就好啦。」

其中一人如此嘟囔。

「不過，不是說明天會放晴嗎。」

另一個人立刻這麼安撫。

「好像是喔。」

「氣象預報是這麼說的，我也看了。」

你一言我一語，像是互相安慰，又像給彼此打氣。她們期待看見的，肯定不是這沉沉的鉛灰色天空，而是旅行社傳單圖片裡的碧海藍天吧。這一帶向來是極受歡迎的觀光勝地。

升大學時前往東京生活的三郎，每次被問到老家在哪時，總是不太想回答。剛開始，他還以為這就像踩宗教畫像❷一樣，是個用來揪出鄉下人的問題，但也很快就發現，那不過是稀鬆平常的閒聊話題罷了。無論是從東京近郊的家裡直接通勤上學的人，或是從鄉下地方來東京租房子住的人，大家說出自己老家所在地時都不以為忤。除了東京市中心或全國知名的城市外，大部分人只簡單回答道都府縣的名稱。三郎也是如此。畢竟，就算講出位於國土最北端那個偏僻的漁村名，也不可能有人聽過。

三郎的答案經常引來欣羨，大概因為觀光勝地的印象太強烈了吧。早在當年，那裡就以豐饒的自然風光、美食及適合冬季運動的氣候及地形作為賣點了。

話雖如此，三郎老家附近從以前到現在都和觀光客無緣。外來者光是走在路上就會被居民盯著看。與其說蒼鬱茂密的森林與波濤洶湧的大海是大自然的禮物，不如說是上天的威脅。那不是能讓人放鬆欣賞，感覺心靈受到洗滌的悠閒風光。

回憶過往，浮現三郎腦海的總是沉鬱的陰天。冷靜想想，明明不是一年到頭烏雲罩頂，肯定也有萬里無雲的晴天，為什麼就是想不起那種日子呢。或許因為沒有高樓大廈遮蔽視野的緣故，被厚重雲層塗成深灰色的天空總給人一股關在低矮天花板房間裡的壓迫感。海的顏色也陰暗得不輸天空，無論是單調的波浪聲，還是岩石上激盪出的白色浪花，皆有種難以言喻的不平靜與淒涼感，夾帶腥味的海風彷彿受到某種詛咒，黏膩地纏在身上，揮之不去。

再也不想回去那種地方了，也沒這個打算。三郎的決心打從大學時代就不曾動搖過。

❷日本德川幕府時代，為了探明外國人是否為基督徒，發明了「踏繪」（踏み絵）的儀式。命令教徒踐踏基督教聖像或十字架，以示自己背棄基督教。

音樂不知何時停了，也提不起勁重新播放，三郎拿下耳機，把身體靠上椅背。睏意全消。

鄰座四人早就不再眺望窗外，吃起不知誰帶上來的零嘴。

「這好吃欸。」

「太好了，是孫子跟我說的喔，聽說那間店很受歡迎。」

接下來，她們聊了好一陣子孫子的話題，興致勃勃地談論孫子們找工作或考大學的事。所有人的孫子年紀似乎都差不多，不是和三郎的女兒們差不多大，就是再大一點。這麼說來，她們的年齡比外表看起來的還要大，搞不好還比剛滿七十的母親大一些。

不過，外表就完全相反了。一年前見到母親時，雖說是因為剛失去相守半世紀的丈夫，看起來實在比這群女人要老太多。三郎一直想不通，大都會裡的老年人為什麼總能保持年輕的光彩呢。是因為生活受到適度的刺激，又懂得盡情享受多采多姿的每一天，所以老得比較慢嗎？

「對了對了，上個月午餐聚會的那間銀座日式料理店，聽說在惠比壽開了姊妹店喔。下次要不要去吃吃看？」

「不錯耶，不過我得減個肥才行，最近又胖了。」

「少來，一點也看不出來啊。最近沒去打網球嗎？」

「做瑜伽也滿好的喔，效果會慢慢顯現。」

母親大概不曾像這樣和朋友們出遊吧。別說旅行了，恐怕連踏出村子一步都難得。在母親的人生中，沒有上街吃館子或去健身房之類的事。三郎連一次也沒見過母親笑得像眼前這群太太一般開懷。

不過，現在開始也不遲。

只要搬來東京，母親就能展開新生活。看是要去聽演唱會或看戲，或是學點才藝，甚至只是上街走走都很新鮮。要是擔心和媳婦住在一起喘不過氣，租個小房子自己住也行。身為獨生子的自己，還算有能力為母親做這點事。

今晚或明天法事結束後，找機會再和媽好好說一次吧。三郎暗自下定決心。

母親已經夠努力了。每天除了操持家事，還在漁會的婦女部門工作，最辛苦的是盡心盡力服侍那樣的父親。三郎希望今後她能輕鬆地做自己，舒舒服服過完剩下的半輩子。再也沒有什麼能束縛母親了，不需要再看我行我素了一輩子，連死都死得那麼痛快的丈夫臉色。

三郎遠離故鄉最大的原因既不是天空也不是大海，是那個任性自私到最後一刻的父親。而這樣的父親，也已經死了。

特快電車抵達終點，下車後，三郎開始思考接下來怎麼辦。

即使特地休了假，還選搭了早班車，抵達這裡也已經是下午一點多了。每次都忍不住想，距離果然很遠。現在從這裡轉慢車回到家，還得再花上將近兩小時。不如先在附近吃個遲來的午餐吧。

拿出手機，查好一小時只開一班的電車時間，再確定電車幾點抵達最近的車站後，按下老家的電話。

「喂？」

「喔，是我。」

這麼一說完，電話那端的聲音忽然拔高。

「哎呀，是小三？」

三郎心生詫異，母親不會這麼叫自己，也不會用這種語氣說話。

「是阿姨嗎？」

母親和阿姨無論長相和氣質都不像，實際碰面說話時也不覺得她們像姊妹，唯有電話裡的聲音一模一樣。

「好久不見呢，誰教你都不回來。最近過得好嗎？工作順利嗎？太太和女兒們都好嗎？」

反正晚點就要見面了，這些話根本沒必要現在問，阿姨卻一股腦地拋出問題。她沒有惡意，只是喜歡聊天八卦，不過，三郎從以前就不太擅長應付這位不管跟誰都不懂得保持距離的阿姨。兩相比較之下，母親的個性屬於柔順文靜型，親戚們都想不通這對姊妹怎會如此不同。

「託您的福，還過得去。」

「這樣啊，姊姊她現在不在家，出門去買明天要用的東西。」

對三郎敷衍的回應毫不在意，阿姨換了個話題。看來她只是嘴上隨便問問，對外甥的近況其實沒那麼感興趣。

「小三，你會來吧？」

她用打探的語氣問。

「一定要來喔，要是臨時才說不能來，姊姊會很失望的，姊夫也是。」

「當然會去啊。」

聽阿姨說得一副自己就是不守信用的樣子，三郎有點火大。正打算說出已經抵達的這座城市的名稱，想了想又改變主意。阿姨既然代替母親看家，是不是代表……

「阿姨，您今天要在那過夜啊？」

「對啊，寺廟的人來之前有很多事得準備，姊姊一個人忙不過來的。」

事實上，三郎會提早來，考慮的也是同一個原因。另一方面是基於上次的反省，這次想盡可能早點回家幫忙。在電話裡明明跟母親這麼說了，看來她是沒聽懂自己的意思。還是說，母親看準這個兒子不可靠，未雨綢繆地拜託了妹妹來幫忙？

「這樣啊，謝謝您呢。」

不管怎麼樣，今晚還是別回家過夜好了。反正有阿姨在，就不必擔心人手不足，再說，阿姨在家就代表沒法和母親好好說上話。乾脆先到附近隨便找間飯店，明天早上再回去好了。

「十點開始喔，你可別遲到了，最好可以提早到。我會跟姊姊說你打過電話來的。」

阿姨兀自連珠砲似地說了一串，不等三郎回應就掛上電話。

三郎立刻在車站前的商務飯店訂房，將行李交給櫃檯保管，自己走出去吃午餐。

朝海港的方向隨意散步。好幾年……不，是好幾十年沒來了吧。偶爾回老家時，即使會為了換車經過這一站，也已經很多年不曾像這樣下車走走。街道比記憶中冷清，不知道是平日的緣故，或者距離暑假還有一段時間，算是青黃不接的季節。沿街的大樓看起來也比印象中老舊狹隘許多。畢竟睽違多年，說來也理所當然，只是心情上總覺得有些寂寞。

避開大馬路，拐進巷弄，四下顯得更安靜了。看到順著細長石板路流動的運河，這才湧現一股懷念的情緒。眼前的風景，和過去幾乎沒兩樣。

說起來，當年三郎還經常來這座城市時，對運河邊的風景完全不感興趣。

在離家上大學之前，這裡對三郎而言是最大也是唯一的都會區。國、高中時代常和朋友相約來此遊玩，為了考大學而上的補習班也在這附近。還記得下課走出教室時，四周的燈火通明讓他大吃一驚。速食店和便利商店都和白天一樣繼續營業，路上仍有人群來來往往，這些事三郎花了好一段時間才適應。對如今生活在東京的他來說，當時最後一班電車的時間實在早得難以置信，為了不錯過最後一班電車，總得一個勁兒地往車站跑。一邊跑一邊閃避路上那些滿身酒氣，腳步蹣跚的大人，內心吶喊真不想回家。但家是不可能不回的，要是敢玩到早上才回家，肯定會被父親揍扁。

父親是個漁夫。

一樣是漁業，有隨大型漁船長期前往世界各地捕魚的遠洋漁業，也有只在近海捕魚，當天來回的沿海漁業，兩者無論工作方式或生活都截然不同。三郎的父親、祖父與曾祖父，或許再往上的歷代祖先都以沿海漁業為生。

學校裡也有幾個朋友的父親從事遠洋漁業。漁場遍布世界各地，出一次海短則幾個月，長則一年不會回家。和家人共度的時光，只限於兩次出海中間的休息時間，只要看那些孩子們的表情，就知道這段時光何時開始，何時結束。

三郎小時候也曾同情那些家人必須分開生活的家庭。自己只要回家就看得到父親，這事實令他既高興又安心。是從什麼時候開始不再那麼想的呢？

除了天氣不好的日子，父親總是天亮前出港，下午天還沒黑就回家。三郎放學回家時，父親已經坐在客廳裡看電視小酌。矮桌上放著母親準備的下酒菜，無論需要什麼，父親都不用起身。只要朝廚房喊一聲「喂」，母親立刻就知道他需要什麼，端出追加的酒菜。

極為偶爾的，比方說正在幫三郎準備點心或和三郎說話時，母親會漏聽父親的叫聲，事情就會變得很麻煩。父親會用明顯不悅的聲音大喊「喂」。

這種時候，母親絕對不會找藉口，一定中斷手邊所有事，唯父親之命是從。起初因為自己的事情受到耽擱而心有不服的三郎，也很快明白母親這麼做是在保護自己。要是她以三郎的事為優先，父親憤怒的矛頭或許就會指向三郎。父親對母親口氣再壞也不會動手，但是，對三郎可就毫不留情了。敲頭、推肩膀都是家常便飯。

三郎知道父親不是壞人，只是脾氣極端陰晴不定。一般人的心情好壞可能隨日子改變，這還可以理解。漁夫的工作非常不穩定，難免遇上漁獲少的日子，好不容易捕到的漁獲也可能根本不值錢，這些都會影響情緒。可是，父親是那種自己開心講話的幾分鐘後，就會立刻轉變為凶神惡煞的人，對年幼的三郎來說，簡直難以捉摸。

「海上的天氣變化快，只要有一瞬間鬆懈，就可能沒命。」

父親說得一副理所當然的樣子。

對三郎而言，為了自身安全著想，判讀父親的情緒比判讀天氣更不可或缺。就算沒有生命危險，他可不想被推進冰冷的海裡，遭大浪吞沒。就像老練的漁夫只要看雲的走向或風向就能察覺暴風雨即將來臨，三郎總是小心翼翼地觀察，揣測父親的言行舉止。

觀察久了，他開始逐漸理解父親這個人。愈是理解，愈是失望。

父親視野狹隘，缺乏教養，粗魯又野蠻。不但說話難聽，還頑固得可怕。任何事都憑自己主觀判斷，若是有誰稍微提出反駁——就算只是露出不甚同意的表情——他就會勃然大怒。「你瞧不起我是嗎？」是父親的口頭禪。

小時候狀況還好。即使母親動不動就把「照你爸說的去做」掛在嘴上，年幼的三郎也不曾質疑過，對父親言聽計從。然而，隨著年齡增長，儘管還是個孩子，也有了自己的想法，開始懷疑父親說的話。

小學二、三年級前，只要父親一說錯什麼，三郎就會一一指摘出來。老師不是那麼教的，書上是這麼寫的……像這樣提出說明。不過，要不了多久，他就知道再多的說明也是白搭。從此之後，他開始對父親說的話充耳不聞。同一時期，三郎開始努力用功。因為不想成為父親那樣的人，希望自己的視野更開闊，更有教養，成為更有品味的大人。看在他的眼中，世界已不再是「照爸爸說的去做」就好的地方。

三郎的成績突飛猛進，母親很開心，父親卻不太高興。

「會念書有什麼用，填得飽肚子嗎？」

才不是父親說的那樣，這三郎早就知道了。若想捕魚，國語、數學和英語或許都派不上用場，但是只要出去廣大的世界一看，就知道事情並非如此。大量學習，考上好學校，將來進好公司工作，這才是三郎的目標。他要脫離這個狹小的村子，邁向美好人生。

「你少臭美了，囂張不會有好下場啦。」

父親恨恨地唾了一口。然而，愈是遭父親否定，三郎愈是振奮，更加勤勉向學。

高二那年和父親大吵了一場。起因是三郎告訴父親，他要報考東京的大學。

「別考了、別考了，上什麼大學，一點用都沒有。」

三郎死命地想說服轉過頭開始喝起酒來的父親。打從好幾年前，放棄和父親雞同鴨講的對話之後，這還是第一次這麼用心溝通。

三郎在高中的成績始終頂尖，老師也表示贊成，還說考取知名大學不只是個夢想。為了增加考取的機會，建議三郎去城裡補習。

「只要從好大學畢業，找工作時的選擇就會變多。」

「選擇？」

父親低聲打斷他。

「我不會當漁夫的。」

三郎這麼一說，父親就瞪大雙眼。儘管早就隱約察覺兒子的心思，還是惡狠狠地盯著三郎，眼看就要說出誇張的難聽話。

「你說什麼？」

父親的膚色因日曬而黝黑，雙眼如不新鮮的魚般充血，嘴角堆著口水沫。醜陋得不堪入目。

「我說，我不想當漁夫。」

內心沒說出口的是，我才不想像你一樣。

「不會給家裡添麻煩的，我會申請獎學金，生活費靠自己打工總有辦法。」

所以，你別來妨礙我。

「你瞧不起我是嗎？」

父親充血的眼角上揚，雙手粗暴地揮舞。

「你以為自己是誰？」

三郎單手護頭，另一隻手反射性地將父親推開。

兩人都坐著，力氣也大不到哪裡去。然而，或許沒料到會被反擊，又或者推到不該推的地方，父親瞬間失去平衡，仰躺在榻榻米上。

始終在一旁擔心窺看的母親，低聲尖叫著衝上來。嫌棄地揮開母親的手，父親站起身來，滿臉通紅。以為他要還手了，父親卻只是恨恨瞪了三郎一眼便走出房間。

「隨你高興。」

日後回想起來，三郎才領悟到父親當時內心大概也放棄了吧。對於兒子和自己一點也不像這件事。還有，即使血緣相繫，彼此卻完全無法溝通的事。

漫無目的到處走，一幅深藍色的招牌門簾映入眼中。這座海產豐富的城市裡，壽司店多達幾十間，從地方老店到專做觀光客生意的大型店都有。

三郎才剛在門口駐足，幾乎同時也有人從內側猛地拉開拉門。身穿日式圍裙的店員看到三郎，一臉抱歉地低下頭。

「不好意思，午餐已經賣完了。」

這附近不曉得還有沒有其他不錯的店，上網查詢看看吧。掏出口袋裡的行動電話，三郎苦笑起來。仔細想想，倒也沒那麼想吃壽司。舌頭習慣了精緻的江戶前壽司，吃起這裡只有新鮮稱得上優點的大分量壽司，對這種鄉下口味大概會覺得少了些什麼。

腦袋轉不過來，或許是睡眠不足的緣故。光是想到明天的事，光是來到離老家這麼近的地方，就讓自己的身體比平時緊繃了嗎？

重新打起精神，走進附近一間老舊的咖啡廳，留妹妹頭的店員態度頗為冷淡。三郎在這裡吃了三明治。深焙口味的咖啡和小聲播放的爵士樂都符合他的喜好。

等肚子和腦子都恢復得差不多後，踏出店外時，一眼瞥見街道對面商店的櫥窗。

推開那扇年代感十足的木門，門上鈴鐺發出哐啷聲。

「歡迎光臨。」

以眼神回應店員的寒暄，三郎環顧店內。左右兩側各貼牆設置了一整面的大櫃子，櫃子從上到下細分成許多層，每一層都擺滿裝在透明盒子裡的音樂盒。

三郎靈光一閃，不如買個音樂盒回去當禮物吧。熱愛音樂的妻子與女兒應該會喜歡。

妻子和他是大學同學。

第一次見面時，按慣例介紹了彼此的老家。聽到她說自己在東京都內出生長大，而且是精華地段的二十三區時，三郎情不自禁羨慕地嘆了口氣。或許是感受到他打從內心的欣羨，她立刻換了個話題。

「你有哥哥嗎？還是姊姊？」

這也是自我介紹時常被問到的問題。雖然沒有提及故鄉時那麼抗拒，但也不想說明得太詳細，話雖如此，又不能瞎掰。

「不，我是獨生子。」

「那為什麼叫三郎？」

不出所料，她訝異地皺起眉頭。

最常用的答案是「我也不太清楚」，不過，當時無論如何都不想敷衍她。

「這名字，取自我父親喜歡的歌手。」

都已經據實以對到這地步了，其他的更沒什麼好隱瞞，三郎有些自暴自棄地附加說明：

「妳應該知道吧？唱演歌的。」

「喔，原來是這樣啊。」

她微微一笑。三郎心情黯淡，暗忖果然要被取笑了。然而，她的回應出乎意料。

「我也是耶，和你一樣。」

她說自己的名字來自父親尊敬的鋼琴家。鋼琴家和演歌歌手完全不一樣吧。

儘管三郎心裡這麼想，但沒有說出口。因為，微笑著說「和你一樣」的她太可愛了。

半年後，兩人開始交往。從家裡通勤上學的她和家人感情很好，不久便將三郎這個男朋友介紹給家人了。

第一次受邀拜訪她家時，三郎真的非常緊張。別的不說，那個家就像出現在電視裡的場景。寬敞的客廳裡，放著一臺黑光閃閃的平臺鋼琴與氣派的立體音響，整面牆上掛滿一家人的照片。在大型信託銀行工作的父親，與在自家教鋼琴的母親對三郎盛情款待，既不會太見外，也不會太親暱的自然態度，讓作客的三郎一點也沒有壓力。他佩服地想，這就是都市人的交際方式啊。

從此之後，或許是擔心一個人生活的三郎沒有好好吃飯，他們經常請他到家裡，吃她母親親手做的飯菜。大概是同情他這個為了賺取生活費，必須打好幾份工的苦學生吧。總之，三郎在這個家裡生平第一次吃到烤雞、馬賽魚湯和俄羅斯燉牛肉。

在女友跟母親一起準備餐點時，三郎就和她父親坐在客廳聽音樂。女人們在場時總顯得沉默寡言的父親，與三郎獨處時，也會用心地找話題聊。無論是喜愛的古典音樂，還是正在經手的工作，他說的話，三郎都聽得津津有味。偶爾女友和她母親過來時，還會嫌父親說這些太無趣，三郎都認真地否定了。

並不是為了討女友父親歡心。能和年長自己超過三十歲的人聊得投機，令三郎十分感動，希望自己未來也能成為像他一樣的人。女友的父親想法靈活，個性隨和，又有品味良好的嗜好，簡直是三郎的理想。就像十幾歲時為了實現前往新世界的夢想而努力用功一樣，他拚命吸收這些嶄新的知識與價值觀。

這樣的努力，可以說是獲得了相應的回報。

大學畢業後，三郎在女友父親任職的集團投資銀行找到工作。三年後，兩人結了婚，再三年後大女兒出生。小女兒出生時，更在妻子娘家旁蓋了新家。

岳父母送他們一架新的平臺鋼琴，慶祝新居落成。妻子開玩笑說，那就算是慶祝落成的首演吧，和剛開始學鋼琴的大女兒秀了一首四手聯彈。和岳父母並肩坐在新買的沙發上，腿上抱著還是嬰兒的小女兒，當時眼前的光景，對三郎而言肯定是一生難忘的回憶。

「您在找送人的禮物嗎？」

聽到聲音而回頭一看，店員笑咪咪地站在那裡。

「有各種曲子，請儘管試聽。」

店員拉過一臺附有輪子，高及腰部的推車，再從架上各處取下幾個音樂盒，放在推車上。不知道他是隨手拿的，還是有什麼選擇標準，動作毫不遲疑。

「那麼，請慢慢聽。」

看這一連串的動作，自己是非買不可了。才剛這麼一想，店員又已鞠躬離去。三郎從推車上五、六個音樂盒中，隨手拿起中間那一個。

試著轉動盒子旁突出的細細把手，差點忍不住發出驚呼。

是那首曲子。當年那架簇新黑亮的平臺鋼琴奏出的幸福旋律，如今正化作音樂盒樸實的音色流瀉而出。

令人懷念的樂聲，很快地奏完了一輪。想再轉動一次把手時，口袋裡的手機震動起來。

三郎將音樂盒放回推車上，匆匆走出店外。反手關上門的同時，另一隻手按下通話鍵。

「喂？三郎？剛才你是不是有打電話回來？」

是母親。

「你不是說今晚要在家過夜嗎？我明明也這樣交代妹妹了，怎麼她跟你說的不一樣？」

原來是這麼回事啊，三郎總算恍然大悟。阿姨總是這樣，沒把別人說的話聽進去。

「沒有啦，我明天早上回去。」

「這樣啊？」

母親似乎還想說什麼，三郎趕緊打斷她，改變話題。

「明天會來多少人？」

「我想想，大概二、三十個大人吧。」

「又要吵吵鬧鬧了。」

光想像就一陣憂鬱。

舉行葬禮那時也很誇張。出殯前的氣氛多少還保持著肅穆，一從火葬場回來，開始用餐沒多久，大家就恢復平常的德性。講得好聽是為了祭祀喜歡熱鬧聚會的父親，眾人喧鬧得不可開交，到最後演變為父親這邊的親戚和母親那邊的親戚分庭抗禮的K歌大賽。確實，以父親的個性，比起陰陰沉沉、哭哭啼啼的場面，倒不如熱熱鬧鬧杯觥交錯，他可能還比較開心，但這光景卻教三郎的妻子看傻了眼。今年的週年忌日，三郎之所以堅決婉拒妻子同行，就是不想再承受那種丟臉的滋味了。

父親喝醉時經常唱歌。除了因為太喜歡而為兒子取了一樣名字的歌手是他的必唱之外，有時也會跟著電視裡的音樂哼歌，洗澡時，在浴室裡引吭高歌更是常有的事。

明明五音不全，他卻毫無自覺，對別人的標準倒是很高。跟漁夫夥伴去唱卡拉OK時抱怨誰誰誰唱歌是噪音公害，看電視上一般民眾報名參加的歌唱節目時，則挑剔著說那種人唱得這麼難聽還敢上節目，總之就是狗嘴裡吐不出象牙。雖然母親總在一旁緩頰，說父親只是嘴上愛嫌棄，其實內心沒有惡意，還說那只是一種親暱的表現，聽在三郎耳中，只覺得被貶低的人聽了一定很不開心吧。

三郎原本很擔心，父親會不會連在自己兒子的訂婚和結婚典禮上都會一如往常地發揮毒舌本色。自己人也就算了，他可不希望惹得妻子那邊，包括岳父母在內的親朋好友不愉快。和上大學那時一樣，內心暗自對父親嘟噥「你別來妨礙我」。難得的好姻緣，萬一就這麼被父親破壞，三郎絕對無法忍受。

所幸父親意外安分，讓坐立不安的三郎白擔心了一場。大都會的喧囂、成群的高樓大廈、過去人生中無緣享用的老字號料亭和高級飯店的氣氛，以及即將成為親家的人們成熟洗練的身影……或許因為不熟悉的人事物太多，壓倒了父親一向跋扈的氣勢。自從三郎離家生活後，也不曾再像從前那樣和父親激烈爭論了。

不過，三郎還記得。

叔叔來祝賀他考上大學時，父親聳著肩膀說：「這傢伙只會念書。」向他報告找到工作的事時，父親皺著眉說：「幹麼？我又沒說要跟你借錢。」婚前雙方家長見面後，父親不快地哼了一聲說：「一群裝模作樣的傢伙。」新年時，想盡辦法請了幾天假，帶妻子回老家打招呼時，父親開口第一句就是：「不回來也沒關係。」這些事他都記得。

孩子出生後，按期回老家的習慣也斷了。大女兒有氣喘毛病，待在寒冷的地方症狀就明顯惡化。平常不太需要照顧的小女兒，唯一的問題是不知為何非常討厭搭飛機，從起飛到著陸，總能整整哭上兩小時不停歇。再加上三郎在公司裡平步青雲，工作愈來愈忙碌。盡了讓兩老看過孫女的義務後，除了無論如何都無法拒絕的婚喪喜慶場合，三郎開始盡可能不回老家。

唯一掛心的是母親。讓她夾在丈夫與兒子之間兩面不是人，一直令三郎深感愧疚。

「三郎，你明天一定要回東京對吧？想什麼時候先走都沒關係喔。」

母親這麼說。

「別擔心，明天早上我也會準時到的。」

一邊這麼回答，腦中一邊浮現剛才阿姨說的話。

「這次一定。」

補上這句話，聽見話筒那端母親的嘆氣聲。

三郎沒能趕上見父親最後一面。守靈時，這件事在親戚之間傳了開來，儘管當面憤憤不平指責他「不孝子」的只有阿姨，三郎也知道所有人都這麼想，只是沒說出口罷了。

「抱歉吶。」

母親喃喃低語。

「媽幹麼道歉，是爸要妳別通知我的吧？」

三郎根本不知道父親病危的事。

連父親住院的事都沒有通知他。起初只以為是保險起見的住院檢查，連母親都沒想得太嚴重，似乎因此才沒特地通知三郎。誰知道就在出院前，狀況忽然惡化。

「反正見了面也只會吵架，那樣事後感覺更糟。」

據說，父親在意識不清之間，還耳提面命母親「不准叫三郎回來」。嚴格來說，幾小時後父親就嚥氣了，就算三郎立刻從東京趕回來，肯定也來不及見他最後一面。父親好像吩咐母親，就算三郎真的來了，也要把他趕回去，而母親大概真的會這麼做吧。

話雖如此，三郎還是提不起勁對阿姨他們辯解。父子兩人的感情差到父親連病危時都不願見兒子一面，這個事實正好證明自己是個不孝子。

「抱歉吶。」

母親又重複了一次。看到父親連死了都要母親替他道歉，令三郎沒來由地一陣火大。

「好啦，反正現在也不用再擔心我跟爸吵架了，彼此都樂得輕鬆啊。」

強忍怒意，半開玩笑這麼說。然而，母親依然以嚴肅的聲音，發出感慨的低喃：

「三郎能來，爸爸一定也很高興。」

二十幾年來，每次三郎回老家都會聽到母親說這句話。即使不管怎麼看，都看不出父親表現出高興的樣子，但為了尊重母親努力化解父子疙瘩的心意，三郎從不反駁，聽過就算了。至今一直如此。

不過，已經夠了吧。差不多該夠了吧。

「他才不會高興呢。」

三郎反駁。

「沒這回事。」

「就是這麼回事。爸爸怎麼可能高興，那個人就連最後一面都不讓我見了。」

一陣尷尬的沉默籠罩，母親試圖找話說的氣息，跟著手機訊號一起傳了過來。

「……因為那人太頑固了。」

不用母親說，父親的性格三郎也很清楚。再清楚不過。就因為母親老是縱容，他才會變本加厲。

短暫猶豫之後，母親加上一句：

「他老是說，三郎工作忙，所以不想打擾你，不管我怎麼講都講不聽。」

這次，輪到三郎無言以對。

早晨，山丘緩坡上的墓園裡不見其他人影。清晨淡淡的霧靄中，聽著小鳥盡情啼囀的聲音，三郎爬上陡峭的石階，愈走愈喘。

找到面海而立的墓碑後，蹲在墓前。那裡已供奉著簡單的花束。

「早啊。」

小路前方傳來聲音。

「你來得真早。」

母親單手提著水桶和水瓢，另一隻手捧著新的供花。身上穿的還是普通便服，臉上沒有化妝。即使如此，氣色比去年葬禮時已好看許多，三郎暗自安心。走近後，母親窺看三郎手邊的東西。

「那是什麼？」

昨天，和母親通完電話的三郎，為了買下那個試聽過的音樂盒，再次回到店內。

推車尚未收拾，依然維持原樣放在櫃子前。問題是，放在上面的透明盒子看起來一模一樣，分不出哪個是哪個了。三郎隨手再拿起其中一個，轉動把手，聲音雖小，清晰可辨的清澈樂音瞬間流瀉。

聽到那旋律的瞬間，手上的音樂盒差點掉落。

戛然中斷的那首曲子，是一首三郎很熟悉的歌。不過，不是剛才聽到的樂曲。

不明就裡的他，愣愣望著手上的音樂盒。感受到一股視線，抬起頭來，視線正好和站在店內後方朝這邊看的店員對個正著。店員臉上掛著微笑，像是明白一切。

結帳時，三郎已恢復理智。店員當然不可能知道自己的私事，一切只是巧合。就算問對方玩的是什麼把戲，也只會讓人家一頭霧水吧。內心這麼說服自己，強忍詢問的衝動。

蹲在墓碑前，三郎開始轉動音樂盒的把手。

「啊，這首歌……」

母親瞇起眼睛，雙手在胸前合掌。

「好懷念。」

三郎從來沒聽過演奏演歌的音樂盒。斷斷續續奏響的旋律，和歌手演唱時低沉有力的歌聲，及父親五音不全的歌聲相比，給人的印象完全不一樣。

彷彿受到音樂激勵一般，原本不打算說出口的話，不經意脫口而出。

「妳應該早點告訴我的。」

母親看看三郎，又看看墓碑。

「抱歉吶，媽只是想照你爸說的去做。」

這個理由，三郎能夠理解。母親直到最後，不，正因為是父親生命的最後，所以她更要尊重父親的意願。

父親一定無論如何都不想讓三郎得知自己真正的心意，天上的他，現在大概心有不甘吧。那個人的個性就是這樣，事情不如己願就不甘心。

可是。

「那為什麼現在又要讓我知道呢？」

「只是覺得，差不多夠了。」

母親輕輕一笑，也在三郎身邊蹲下。更換墳前的供花，點香默禱。

「妳常過來這裡？」

「是啊，幾乎每天都來。我想繼續到不能來為止。」

母親這句話，與其說是對著三郎，不如說是對著墓碑說的。

「正好是不錯的運動，再說，這裡景色很不錯吧？」

隨著母親的視線，三郎朝大海望去。乳白色的霧靄不知何時已經散去，朝陽照入海灣，海浪的形狀看得一清二楚。

「我知道了。不過，如果妳改變主意，就隨時跟我說。」

一邊這麼說，一邊暗自心想，暫時應該不會改變主意吧。雖然沒有父親那麼誇張，母親也是挺頑固的人。

「東京也有東京不錯的地方喔。」

「謝謝，哪天或許會去讓你照顧。」

抬眼朝三郎投以一瞥，母親重新轉向墓碑，意思就像是「你爸爸說的果然沒錯」。接著，她繼續說：

「即使爸爸不在了，有三郎在就不必擔心。」

三郎裝作沒聽見，再次轉動音樂盒。堅毅的音色乘著強風，朝閃耀白光的海面流瀉。

拜爾

好久沒到這間建於小山丘上的教堂來了。

盛夏的強烈陽光，將一切事物照得發白。天空藍的三角屋頂和圓形的窗花、雞蛋色的牆壁及巧克力色的門都和記憶中一樣。門旁花壇上開滿紅色與黃色的小花，中間立著一個木製十字架。兩根交叉的木頭中央停著一隻蟬，叫聲急迫。

香音一站到十字架前，那隻蟬就擠出不高不低的「嘰嘰」聲飛走了。

十字架的高度和香音的身高差不多。她歪著頭想，有這麼小嗎？接著就立刻驚覺，不是十字架縮水，是自己長高了。最後一次來這裡，已經是幼稚園畢業典禮的時候。

扳動手指數了數，那是三年又五個月前的事。

小心翼翼推開門，踏進教堂中。潮溼的空氣舒服地包住發燙的身體。教堂裡沒有人，中間是一條筆直通往祭壇的通道，左右兩旁各排放了一列空蕩蕩的木頭長椅。祭壇上立著懷抱嬰兒的聖母像。

香音的視線掠過長椅、祭壇與聖母瑪利亞像，彷彿受到吸引一般，直接朝左側深處的牆邊望去。和記憶中一樣，那裡放著一架茶色的管風琴。透過窗上彩繪玻璃照進室內的日光，正好落在譜架附近，映出藍色、綠色和橘色的圓點圖案。

香音快步穿過長椅間的通道，胸口漲滿懷念的情緒。感覺就像在家附近巧遇幼稚園時的朋友一樣，不，或許比那更強烈。

香音第一次彈奏這架管風琴，是幼稚園小班時的事。

教會經營的兩年制幼稚園就設在教堂後方，不大的兩層樓教室建築，附有一個小院子和游泳池。就讀這所幼稚園的孩子只有一小部分是教友的小孩，其他多半是附近居民的孩子，連聖母瑪利亞和耶穌基督都不認識。幼稚園裡與基督教相關的活動，頂多是在音樂課上誦唱《讚美歌》，以及吃午餐前必須禱告而已。

剛入園就讀時，香音每天都很憂鬱。

她是獨生女，一方面沒上過安親班，因此不習慣與同年齡的孩子相處，另一方面因為早產的緣故，個頭比別人小。儘管不到格格不入或遭受霸凌的地步，香音還是很難打入小朋友們歡鬧的圈子，自由活動時間總是獨自走出教室，待在校舍角落無所事事，發呆度過。

「我家孩子沒問題吧？」

擔心內向的女兒，母親這麼問。老師微笑回答：

「雖然有點活在自己的世界裡，不過她很認真，是很乖的孩子喔。」

香音確實認真，只是，認真不一定會有成果。

幾乎所有在幼稚園裡做的事，對香音來說都很困難。她跑步慢，害怕下水游泳，遊戲時間經常絆手絆腳跌倒，也不擅長畫圖和勞作。明明都這麼拚命努力了，為什麼還是做不好，自己也不明白。

無論是香音賽跑殿後，還是在母親節時把媽媽畫得像妖怪，母親都絕對不會有怨言。她總是欣慰地稱讚香音「已經很努力了」、「謝謝」。每次聽到別人的媽媽罵他們「為什麼做不好」，香音都會為自己的媽媽這麼溫柔而感到安心。

話說回來，忍耐著上一陣子學後，她也逐漸習慣有老師和同學的幼稚園生活了。即使還稱不上樂在其中，至少不覺得痛苦。只有一件事，無論如何都無法適應。

香音非常討厭噪音。

在幼稚園，隨時都有人發出聲音。嚴重的時候，幾乎是教室裡的所有人都在放聲尖叫或啼哭。那樣的噪音會在香音頭蓋骨內側形成回音，引發頭痛或暈眩的症狀。每星期幾次的「歌唱時間」，對香音來說簡直是嚴刑拷打。班上同學那無視音準，各自發揮的歌聲，每次都讓她身體不舒服。

為了不輸給噪音，香音也會試著努力大聲唱歌，然而，巨大音量有如暴風雨來襲的海洋，相形之下自己的聲音實在太微弱，轉眼淹沒在驚濤駭浪之中。很快地，不只頭痛，喉嚨也痛了起來。只能一邊假裝動嘴，一邊忍耐著等大家唱完，光是這樣就耗盡所有力氣。

有一天，香音終於忍無可忍，在唱到一半時用雙手摀住耳朵。然而，不管摀得多用力，野蠻的聲音還是會從指縫中入侵。只能蹲下來蜷縮身體，死命用力。

感覺肩膀被誰輕拍，抬起頭一看，蹲在眼前的是老師。香音慢慢放下手，這才發現歌聲在不知不覺中停歇了。

「香音，妳怎麼了？」

四周的同學也用訝異的表情注視她。

「很難受嗎？哪裡痛是不是？」

「……太吵了。」

香音坦然吐露內心的想法，換來老師皺眉困惑的表情。

那天，來接香音回家的媽媽被老師留住，兩人在空曠的教室一隅一臉嚴肅地交談。她平常都很聽話，從來沒有這樣過……是啊，當然，她也不是會說小朋友壞話的孩子……老師的聲音斷續傳來，令香音坐立不安。

「香音，妳討厭歌唱時間嗎？」

一回到家，母親就這麼問。

「為什麼突然變成這樣？妳不是一直很喜歡唱歌嗎？」

說到這裡，母親「啊」了一聲，低頭看著香音的眼睛繼續說：

「難道……那也是『討厭的聲音』？」

正如老師所說，香音是個聽話的孩子，不管在幼稚園還是在家，幾乎不曾說過任性的話。不頂撞大人也不偏食，沒有和誰特別處不來——不過，也沒有交情特別好的朋友。

唯一的例外是「聲音」。唯獨關於聲音，香音的喜惡特別強烈。

說起來，在家的時候幾乎不會聽到刺耳的噪音，頂多就是偶爾打亂平靜的電視聲。主播淡定播報新聞的聲音或不加入誇張音效的紀錄片沒有問題，但綜藝節目、政論節目或以兒童為對象的卡通就無法忍受了。

「有討厭的聲音。」

只要香音這麼控訴，父母就會二話不說關掉電視。

「香音的耳朵很敏感呢。」

「不過，乾淨的聲音就很喜歡對吧？她唱歌也很好聽。」

「我和妳這方面都不太行啊，到底是像誰呢。」

「或許是『香音』這名字取對了喔，要不要讓她學個樂器？」

消除多餘聲音的屋子裡，父親與母親悠哉地聊起了這些事。

隔天，母親很快向老師說明：

「這孩子的耳朵很敏感，聽到太多人一齊發出的聲音時，身體好像就會不舒服。」

「可是，總不能只有香音一個人不參加歌唱時間。」

老師環顧教室一圈，雙手一拍，像是想到什麼好點子。

「這樣吧，讓她站在靠近伴奏樂器的地方，狀況應該會好一點。」

說著，老師指向放在角落的直立鋼琴，看來她也發現問題不在音量，而是音準了。

老師是對的。香音的耳朵並非只要聽到大聲量就覺得吵，比方說風聲、雨聲、動物叫聲或鳥鳴聲等，這類聲音就算吵鬧一點也無所謂。就連烏鴉聒噪或打雷的聲音，聽起來也各自饒富興味。香音喜歡在戶外側耳傾聽，小河潺潺、虻蟲振翅、樹葉沙沙、浪潮漲退……世上充滿各種靈動豐盈的聲音，不管聽多久都聽不膩。

幾天後，到了歌唱時間，老師按照約定讓香音站在最前排右側，也就是離鋼琴最近的位置。

一開始唱歌，香音微薄的期待瞬間粉碎。還是一樣吵。

不過，老師都已經特別通融，實在沒有其他辦法了。再說，光是不再像原本那樣被荒腔走板的歌聲包圍，感覺已舒服許多。就在此時，一個凜然澄澈的聲音，迸入正在胡思亂想的香音右耳。

是鋼琴聲。

香音朝斜前方轉動身體。正確的音準與節奏帶給她舒適感。目光追著黑白琴鍵上，老師靈活躍動的纖柔手指，不知不覺，耳中只聽得到自己和鋼琴的聲音。

從這天起，香音開始練習把聲音分開來聽。

來自四面八方紛亂無數的雜音中，耳朵只專注選取自己想聽的聲音。祕訣是集中注意力。即使是沉在雜音漩渦底部的微弱聲響，只要仔細側耳傾聽，就能順利聽見。

學會這件事後，不只歌唱時間，整體來說，在幼稚園的生活變得輕鬆多了，和過去完全不同。雖說有時也會因此漏聽老師的指示，或是朋友說話時忘了回應，使眾人更加認定香音是個「活在自己世界裡」的孩子。

曾經那麼難受的歌唱時間，變成她最期待的事。現在到這時間，香音都會一邊隨便動動嘴巴，一邊著迷地盯著老師在琴鍵上飛舞的手指。明明記不住歌詞，那手指輕盈的動作卻和鋼琴的音色合為一體，清晰地刻入香音腦中。連自己都沒有意識到，但確確實實記住了。

放完暑假後發生的一件事，證明了這一點。

第一眼看到老師帶進教室的樂器時，香音只覺得這樂器真奇怪。形狀像不完整的鋼琴，甚至可以說是仿造品。看起來就像只取出鍵盤的部分，而且寬度還比鋼琴縮短許多。白鍵只有十九個，黑鍵只有十三個。

「這個樂器叫做鍵盤，是教友捐獻的。」

老師的手指滑過小小的鍵盤。和身旁歡呼的同學不同，香音有些失望。這個叫鍵盤的樂器發出的是類似鋼琴的電子音，比真正的琴聲輕又單薄。終歸是個仿造品。

「大家要相親相愛一起玩喔，按照順序輪流玩。」

小朋友們朝這新玩具一擁而上。在鋼琴教室學琴的女生，用生疏的指法彈奏了幾小節童謠。總是在教室裡奔跑打鬧的男生，用整個手心按壓琴鍵，發出巨大的不協調音。

如果是平時的香音，即使看到教室裡來了什麼新玩意，她也不會爭先恐後搶著玩。因為那種地方一定會產生媲美龍捲風的噪音。就算耳朵某種程度已經學會選擇自己想聽的聲音，還是要盡可能避免受噪音波及。

然而，只有這次不一樣。香音迫不及待地在放置鍵盤的桌子旁卡位排隊，懷著雀躍的心情等待輪到自己。仿造品也沒關係，一心只想摸摸看。全身莫名發燙，緊張的情緒鎮定不下來。

終於輪到自己了，香音站在鍵盤前，先做一個深呼吸，再將十指攤放在琴鍵上。

熟悉的旋律流瀉而出。是大家在歌唱時間一起練習的外國民謠。

原本圍著桌子吵鬧的孩子們，像用遙控器調整音量般緩緩安靜下來。接著，開始有人小聲跟著音樂唱和。香音彈完一曲時，所有人展開了大合唱。

手指還按著最後一組和弦，香音整個人都放空了。不敢相信自己的手指也能這樣動，連來察看狀況的老師都瞪大了雙眼。

「香音，妳學過鋼琴嗎？」

香音搖搖頭。

聽到背後的門關上的聲音，香音迅速放開管風琴蓋上的手。

走進教堂的，是個彎腰駝背的老太太。在這麼炎熱的夏天裡，她卻穿了全黑的長袖襯衫和同樣黑色的長裙。老太太似乎沒察覺香音的存在，踩著蹣跚的腳步，花了一點時間才走到祭壇前，跪下來，低著頭開始喃喃誦念起什麼。

香音決定當作沒聽見。那蒼老沙啞的聲音雖然不屬於「討厭的聲音」，但內容顯然是對神明訴說的個人隱私，香音認為自己不該聽。

靠在管風琴旁閉上眼睛，幾秒後，注意力便被窗外小鳥的啾啾聲吸引了。

在幼稚園老師建議下，香音開始上住家附近的鋼琴補習班，很快地，她也開始擔任音樂會或教堂禮拜時的伴奏。有時，大人組成的聖歌隊也會來請香音伴奏。不管在哪裡伴奏，大家都會稱讚她的伴奏「很好唱」。或許因為香音的演奏總是很正確吧。不走音，維持一定的速度。無論何時，香音的手指一定盡可能按照樂譜彈奏。

試聽並比較知名鋼琴家的CD，會發現即使是一樣的樂曲，由不同人演奏時，聽起來也截然不同，各有各的美感與特性。另一方面，香音自己彈奏時則非按照樂譜指示不可。樂譜是用來享受鋼琴世界的神聖地圖，和專業演奏者不同，像自己這樣的小孩怎能擅自更動。即使偶爾模仿CD，刻意用不同於樂譜指示的節奏，或者試著踩踏板，卻總是覺得不對勁。

香音在鋼琴補習班扎實學習了怎麼讀樂譜，躍然於五線譜上的音符與鍵盤如何對應，音符與休止符的長短、各種記號及英文字母代表什麼……非記不可的東西實在太多了。起初腦袋一陣混亂，內心不滿地想，不如直接看手指動作還記得比較快。不過，那些知識一旦學會了就很方便，原本複雜的記號，其實比片假名或漢字來得易懂。

香音擅長聽音。即使站在看不到鍵盤的位置，也能說對彈奏的是哪個音。無論多複雜的和弦，香音都不會聽錯。聽完幾個小節，甚至長達一整首音樂之後，她也能完美重現。

那個時候一切都還很美好。不管是在鋼琴教室還是幼稚園或教會，眾人對她異口同聲只有稱讚。爸爸和媽媽都很高興，認為那個內向害羞又笨拙的獨生女，終於找到比一般人擅長的技藝了。

小鳥的叫聲停了。

香音睜開眼，手掌輕撫管風琴蓋。手心還記得這光滑的觸感。香音特別喜歡在教會彈奏的管風琴，豐盈渾厚的音色在挑高天花板下迴盪，聽來心曠神怡。

在胸口劃下一個十字的老奶奶看見了香音，大概以為她在排隊等待禱告吧，朝祭壇做出一個「請」的手勢。香音在她催促下往前走，站在瑪利亞像面前。

神啊，我該如何是好？

就算在心裡這麼問，也得不到回應。這也難怪，只有心懷正念的人，神明才會伸出援手。擔任教會牧師的園長老師曾這麼教過大家。換句話說，現在的香音沒有資格接受神明救贖。

背後再次傳來聲響。入口的門打了開，大大小小的腳步聲湧入。五個人……不，是六個。香音悄悄回頭。

魚貫走進來的是一群中年阿姨，其中也有香音熟悉的面孔。是聖歌隊，等一下大概要開始練唱了。坐在長椅上休息的剛才那個老奶奶，好像也遇見了熟人，上前相互寒暄。

靜謐的教堂中，迴盪起叨叨絮絮的談話聲。香音抓起放在管風琴椅上的提包，沿著牆壁快步走向出口。

漫無目的走下山坡，強烈的陽光毫不留情照在身上。從公園旁經過時，瞥見時鐘顯示將近三點。

上鋼琴課的時間就要到了。

要是沒看到香音出現，南老師大概會以為是自己記錯了吧。每當對上課日期或習題內容的認知有些不同時，就算是香音忘記或搞錯，老師也一定會先懷疑自己的記性。

「真討厭，上了年紀就容易忘東忘西吶。」

南老師確實上了年紀，頭髮全白，臉上也滿是皺紋，和CD封面上她年輕時的照片判若兩人。乾巴巴的雙手青筋畢露，浮出血管與斑點。教人難以想像的是，那雙外表柔弱無力的手，卻能在鍵盤上自由自在舞動，彈奏出力道強勁又柔韌的音色。

剛升上小學二年級時，香音認識了南老師。

整個一年級，香音都和幼稚園時一樣，在同一個補習班學鋼琴。每週一次的鋼琴課是她最期待的事，在那裡學了適合小學高年級的曲目，有時連適合中學生的曲子也拿來練習。平日在家經常一彈就是三、四小時的琴，假日練習時間更長。花在鋼琴上的時間，長到連媽媽都擔心她是不是太勉強自己了。

暑假裡，香音參加了鄰市主辦的中小學生鋼琴大賽。當天，那棟也用來舉行一般音樂公演的音樂廳和那架大型平臺鋼琴，深深吸引了香音的心。高級鋼琴奏出令人興奮的音樂，會場的音響也很出色。儘管直到前一天都還擔心自己在臺上面對評審時能否保持平常心好好彈琴，但等到正式上場，緊張的情緒全都拋到了腦後。唯一遺憾的是，香音只能彈奏指定曲。小學一年級到三年級屬於低年級部門，四年級到六年級屬於高年級部門，低年級部門的指定曲是香音幼稚園時就學過的布爾格繆勒。原本還希望至少能彈奏高年級的指定曲蕭邦呢。

做夢也沒想到能勝過二年級和三年級的參賽者。香音自己當然也很高興，更開心的是爸爸和媽媽。尤其媽媽非常感動，眼眶還有些泛淚，把香音和那個頂端設計為高音譜記號的小小金色獎盃一起緊緊擁抱在懷裡。

「媽媽自己不會彈鋼琴，無法真正體會香音到底有多厲害。不過，今後會更支持妳的。」

母親不知從哪裡打聽到南老師的事。是徵詢鋼琴補習班，還是參加大賽時得知，或者是其他家長跟她說的呢。

總之，母親掌握了知名鋼琴家南明子退休後住在這個城市的消息。也知道了南老師過去除了自身音樂活動外，還培育了眾多弟子的事。

「那都是從前的事了。」

第一次見面時，南老師這麼說。

「我都這把年紀了，正如電話中提過的，既然已退休回老家，就不繼續教鋼琴了，也沒這個打算。」

即使在電話裡遭拒絕，母親仍不死心。死纏爛打地要求和南老師見上一面，帶著香音，可說半是硬闖地造訪了老師家。那棟打理得很好的老舊平房，令人聯想起年代久遠仍仔細調音的老鋼琴。

「拜託您了，只要一次就好，請聽聽這孩子彈的鋼琴。」

母親從沙發上站起來，對老師深深鞠躬。香音看了也趕快照做。

老師一臉為難地看了看母女倆，很快站起來，走向安置在屋內的平臺鋼琴。接著，又從牆邊放滿樂譜的書架上，抽出一本藍色封面的樂譜，打開中間的一頁後，放在譜架上。

「不然，妳彈這首看看。」

香音懷著忐忑的心情走向鋼琴。老師為她調整椅子的高度，坐下來一看，高度剛剛好。

朝樂譜望去，雖然是首陌生的樂曲，看起來比想像中簡單，香音心情放鬆了一些。老實說，曲子簡單得出乎意料。旋律既單純，也沒有艱難的指法或太複雜的和弦，猜想是首適合初學者的練習曲。

連一次都沒有彈錯或慢拍，香音彈完了整首曲子。演奏中，和平常一樣不去思考不必要的事，直到手指放開鍵盤才想起這是考題，戰戰兢兢地抬頭朝老師望去。

南老師露出微笑，這是第一次看到她面帶笑容。同時，她以女低音般柔和渾厚的聲音說：

「好美妙的樂音。」

站在十字路口，香音用手背擦拭汗溼的額頭。

還來得及。只要在這裡右轉，順著那條路往前走，不到五分鐘就能折返剛才過門不入的老師家。

還來得及。內心如此喃喃自語，香音卻慢慢往左轉。

沿著運河邊的石板小路踱步向前，裝滿樂譜的背包肩帶吃進肉裡，隱隱作痛。好熱，口也好渴。

每次上課前後，南老師都會端出茶水。像現在這樣的季節，她會先端出冰麥茶，然後是熱紅茶。老師自己也會喝紅茶，配一點餅乾和巧克力吃。兩人有時也會聊天，老師留學歐洲的事、在東京舉辦演奏會的事、為交響樂團伴奏的事等等，話題都很有趣。偶爾老師也會放推薦的唱片給香音聽。

「這首曲子，香音應該會喜歡。」

到目前為止，老師從來沒有料錯過。決定香音的練習課題時也是如此。在鋼琴補習班一路學到小學一年級，那裡的做法向來是按照順序學完一本教本，但是南老師不同。每次學完一首曲子，她會從書架上拿出另一本樂譜。老師選的曲子來自各種國家、時代與作曲家，每一首都符合香音的喜好。

後來她才知道，第一天試彈的那首曲子，出自一位名叫拜爾的作曲家之手。

「以前的補習班沒教這首曲子？」

「對。」

「這樣啊，現在不太流行這種曲子呢。從前大家學琴，都是從拜爾開始。」

不過，香音很喜歡拜爾。有時也會在家彈奏從南老師那裡得到的那本樂譜。雖然乍聽之下樸實無華又有點單調，但只要專注於手指動作之間，腦袋就會變得一片空白，感覺很痛快。

走過運河上的小橋後，香音停下腳步。耳邊聽見音樂聲，不是拜爾，是更複雜，更多層次的樂曲。

幻聽吧。最近經常這樣，所以香音並不驚訝。有時聽了幾小節就停了，也有聽完整首曲子才安靜下來的時候。今天聽到的是巴哈的《創意曲》第八號，除此之外，也曾聽過孟德爾頌的《無言歌》和史卡拉第的《奏鳴曲》。這是兩個星期前，香音在鋼琴大賽的地區預賽上彈奏的三首曲子。

和一年級時由鄰市主辦，香音拿到冠軍的比賽不一樣，這次參加的大賽更有名，被視為日本難度最高的學生鋼琴大賽。香音今年第一次參加，因為小學生部門從四年級才可以開始報名。

巴哈正經八百的旋律在耳邊縈繞不去，想擺脫掉這個，香音試著左右張望。四下不見人影，只看到狹路盡頭有個舊舊的咖啡廳招牌突出。咖啡廳對面的建築物那扇看似相當堅固的木門，朝道路的方向大大敞開。店前方有個櫥窗，大概是賣什麼的店家吧。櫥窗玻璃在陽光下反射，看不出裡面陳列的是什麼。

往前踏出一步，巴哈的樂音稍微變大了些。

咦？香音詫異地想，怎麼和平常的幻聽不一樣？不知為何，這次只有右手的主旋律反覆響起，卻聽不到本該如包覆般重疊上來的左手旋律。音色也不屬於鋼琴，而是一種更纖細，更脆硬的聲音。那是什麼樂器？好像在哪裡聽過，可又想不起來。

音樂並非來自耳朵內側，是從外側來的。從那扇敞開大門的另一端。

香音搖搖晃晃地走向那扇門，朝屋內窺探。

一如想像，那是一間店。左右兩邊牆壁都被很高的櫃子占據，最裡面有個看似店員，身穿黑色圍裙的男人。由於他正面向櫃子，只能看到他的側面。男人腳邊放著紙箱，可能是在大掃除或搬家，不管怎麼看，都不像正在營業。

回過神時，巴哈消失了。別說巴哈，什麼聲音都聽不見。那果然還是幻聽，眼前也沒看見像是樂器的東西。

正當香音想掉頭離開，店員忽然朝門口抬起頭，雙眼一亮，開口招呼：

「歡迎光臨。」

將香音請入店內後，他便回到原本的位置，轉過身再次整理起櫃子來。

香音不知所措地環視店內，這還是她第一次獨自踏入這種個人商店。或許因為眼睛已習慣了外頭的光亮，屋內感覺格外昏暗。角落有個以煞有介事的姿態左右擺頭的舊式電風扇，安靜的店內，只有這架電扇低沉的聲音特別清楚。

靠近與店員相反邊的牆櫃一看，架上放著許多透明的方形盒子。每個盒子裡都裝有一個金色機械。

這就是巴哈的真面目嗎。

「如果已經有決定好的曲目，本店也接受訂製。」

聽店員這麼一說，香音回過頭。不知是否手上工作告一段落了，店員朝香音轉身。

「只要您願意，本店提供音樂盒特製服務。」

店員的遣詞用字就像面對成人顧客，香音一方面感到驚嚇，一方面語無倫次地回答：

「呃，那個……我只是碰巧從門前經過……」

明明是自己主動跑進來看的，事到如今才找藉口說不打算買，會不會很奇怪啊？可是，身上幾乎沒有錢。

「走著走著……聽到巴哈的聲音……又是我認識的曲子，就有點好奇……」

「您是說巴哈？」

不知是不是錯覺，店員睜大了眼睛。

「您的聽力真好。」

店員似乎很訝異，望向背後的櫃子。

「我想想，巴哈放在哪裡呢……」

「啊，不用了。」

香音趕忙阻止，也不是特別想要音樂盒。

同時，又覺得有些不可思議。就在自己踏入這間店前，明明還聽見那首曲子的，怎麼他就已經搞不清楚放在哪裡了呢。那果然還是幻聽吧？不過，店員先生剛才一臉佩服地說了「您聽力真好」，難道只是配合顧客隨口說說而已？

「不好意思，我沒帶錢。」

香音強忍羞恥，坦誠招供。

「錢？」

店員嚇了一跳，複誦一次之後，恍然大悟地敲了敲掌心。

「原來是這個意思啊，那麼，不嫌棄的話，請看這個。」

抱起腳邊的紙箱，拿到香音面前。

「正如您所見，今天我在整理庫存。難得您光臨小店，請帶走一個喜歡的吧，不需要付費。」

箱子裡放著許多小小的音樂盒。他所說的「付費」，是指付錢的意思嗎。是要免費送自己音樂盒的意思？可是，為什麼？

見香音站著不動，店員不解地問：

「您趕著離開嗎？」

本想點頭，身體卻動彈不得。鋼琴課開始的時間，早就過了。

香音在鋼琴大賽地區預賽的小學生部門裡拿到第四名。能晉級全國大賽的，只有每個部門的前三名。簡單來說，就是在預賽中落選了。

發表名次時，香音很驚訝。並不是因為希望自己打入前三名，正好相反。聽了其他參賽者的演奏之後，早已做好名次殿後的心理準備。

一點也沒有不甘心，香音知道自己在大賽上的表現，比過去練習的每一次都要好。當然難免有些遺憾，不過，更多的是全力以赴之後的成就感。南老師也稱讚她「彈得非常好，香音正式上場時的表現特別強呢」。

情緒失控的不是香音，而是母親。

「怎麼會這樣？」

發表成績的瞬間，母親愣愣地低喃。

「明明是香音彈得最好。」

那不是對女兒的鼓勵也不是安慰，她似乎真的那麼堅信。頒獎典禮結束後，她口中依然不斷嘟噥「為什麼、為什麼」，不肯從位子上站起來。香音不知所措，只能吶吶地說：

「對不起啦。」

「為什麼香音要道歉？」

父親在一旁苦笑插口。

「第四名也很厲害啊，妳已經盡力了。」

回家路上，坐在父親駕駛的汽車後座，香音打起盹來。

閉著眼睛靠在椅背上，從副駕駛座看過來，大概會以為她睡著了吧，只聽見媽媽輕聲說：

「是不是找個還活躍於樂壇第一線的老師來教比較好？」

繼續閉眼，香音屏住呼吸。內心回答「沒那回事」。除了南老師，她從沒想過要跟別人學。

「我覺得南老師很好啊，香音好像也很中意她。」

父親這麼回應。

「我也覺得她是個好老師啊，只是啊，聽說針對大賽指導不是一件容易的事，像是評審的重點或傾向之類的，各方面都要好好思考，祭出對策才行。」

「不用拚到這種地步吧？大賽又不代表一切。」

「現在可不是說這種悠哉話的時候，若想成為專業鋼琴家，不從現在開始好好訓練怎麼行。」

母親似乎有些惱怒，提出反駁。

「什麼專業鋼琴家啊，香音才九歲。」

「我都還覺得太遲了呢。其他孩子都從更小的時候就開始接受精英教育了。」

「欸，我很不想這麼說，但是……」

父親的聲音低了半個八度。提心吊膽聽著的香音，身體比剛才更僵硬了。

「妳最近是不是做得太過火啦？」

「過火是什麼意思？」

「就是太投入了啦，整個人劍拔弩張的……」

鋼琴大賽開始前，母親的模樣確實很不尋常。

一看到香音開始寫暑假作業，母親就會說「不用做那種事了，快去練琴」。想幫忙做家事被拒絕，廣播體操和游泳課在鋼琴大賽前也建議她先暫停了。明明去年，母親還對一有空就彈鋼琴的香音頗有微詞。

「既然香音有這個才華，做父母的就有責任幫她發展吧？」

「當然，如果香音願意就去做，無論她想朝專業鋼琴家的目標努力，還是想換老師都可以。可是，如果我們做父母的一頭熱，只會造成孩子的壓力。今天也是啊，明明最沮喪的應該是她自己。」

沒聽到母親回應。過了好一段時間，前座才傳來她的低聲自言自語：

「我還不都是為了香音好。」

結果，香音雙手接下了店員遞過來的紙箱。反正不管怎樣，在鋼琴課結束前不能回家。大熱天的，也沒有其他地方好打發時間了。既然對方都說要免費贈送，就放心接受人家的好意吧。

「不嫌棄的話，請在這邊選。」

店員指著店內後方的桌子，香音在椅子上坐下，一一試聽起音樂盒。只要轉動盒底發條就會發出聲音。雖然其中有幾首她熟悉的曲子，陌生的曲子還是比較多。沒聽過的曲子不會留在耳中，乾乾脆脆地流走消失。

透明盒子裡的機械，由表面有細小點狀突起的圓柱形零件和梳齒狀的扁平零件組裝而成，似乎是當梳齒刷過圓柱上的突起時，就會發出聲音。

好像鋼琴。一想到這個，立刻反射性地轉移視線。原本流暢的旋律逐漸不協調地拉長，終於停歇。

上星期，大賽結束後的鋼琴課上，南老師擔心地說：

「香音，妳還好吧？彈出來的音沒有精神。」

香音無言以對。

「香音真的盡力了，可能因為太努力，有點累了吧？別勉強自己，暫時放慢腳步如何？」

老師繼續安慰她：

「不是人人都能成為第一名，這個領域就是這樣。不過，彈鋼琴也不是為了成為第一名。」

那之後整整一星期，香音幾乎都沒有彈鋼琴。

無論如何都提不起勁坐到鋼琴前。從開始彈鋼琴的這六年來，從來沒有發生過這種事。

香音不是因為沒打進全國大賽而失落沮喪。即使因此提不起幹勁，但並沒有自暴自棄。只是她也發現了，發現自己彈出的聲音沒有精神，她無法忍受自己彈出這樣的聲音，更不願意彈給別人聽。

趁機找別的老師學吧。昨天媽媽這麼說。

香音只是默默搖頭，因為沒有自信好好表達內心的想法。用言語表達內心的想法是很難的事，香音總是心急地想，要是能用音樂表現就好了。要是能用樂器發出開心或悲哀的聲音來表達想法，一定更容易理解也更簡單。

南老師沒有錯。這才是她真正想說的話。沒入圍不是老師的錯，是自己實力不足。正因如此，才應該要更努力，更努力練習，彈得更好，讓老師和母親高興才對。

「有找到您喜歡的嗎？」

在店員的詢問聲中回過神來，試聽完的音樂盒亂七八糟地放了滿桌。

「不好意思，還要一下下。」

香音捏了一把冷汗低下頭。擔心店員是不是發現自己剛才分神了，根本沒好好在選音樂盒。人家都大方地說要免費贈送了，自己還這樣，會不會惹惱了對方。

「請稍等。」

原本低頭無言望著香音的店員，忽然開口這麼說。

只見他將手伸向耳邊，撩起不短的頭髮。香音這才發現，他那形狀優美的左右兩耳上，各掛著一個透明的器具。

店員俐落地卸下器具，放在桌上，發出輕微的叩隆聲。材質大概是塑膠吧。像把眼鏡的鏡腳部分切下來的弧形掛勾前端，連著一個類似耳塞的圓形零件。

任由香音望著那個奇怪器具出神，店員走向壁櫃，取下一個新的音樂盒，再走回來。

「這個如何？」

自行轉動發條，聽到流瀉而出的旋律時，香音忍不住驚呼失聲。

「《讚美歌》？」

這不正是剛才在教堂憶起的那首睽違已久的《讚美歌》嗎。聖歌隊的拿手樂曲，每逢星期天，香音都會為他們伴奏。

那時一切還很平靜。既不知道音樂大賽的事，也還不認識南老師。手指在鍵盤上飛舞時，香音只覺得很開心。受到幼稚園老師、朋友以及家長們的讚嘆，還有聖歌隊的答謝，在來做禮拜的教友之間也頗受好評。園長老師曾感慨地說，香音彈奏的鋼琴是神的禮物，所以妳要好好珍惜，用這份能力為大家帶來幸福。

等音樂盒停下來，香音才開口。

「請給我這個。」

「太好了。老實說，我的聽力也不錯喔。」

店員笑瞇了眼睛，對香音點頭。

「這個音樂盒發出的聲音很美妙呢。」

好美妙的樂音。南老師的聲音不經意掠過腦海，揪得心口一疼。

店員站起來。香音也強裝笑容，不去在意迴盪耳邊的老師聲音。

這時，店員忽然皺起眉頭。

「咦？」

在半蹲著身子凝視自己的店員眼神下，香音緊張得低垂視線。難道是強裝笑容失敗了嗎。

「再聽一首試試看好嗎？一首就好。」

不等香音回應，店員又快步走向壁櫃。

走出店門，香音匆匆趕往老師家。

途中加快速度，幾乎可說是狂奔了。看到老師家門時已渾身大汗，氣喘吁吁。正想一鼓作氣衝上前時，卻差點絆腳往前摔。因為她看到道路前方，有個人影正以不輸自己的速度跑來。

「香音！」

衝過來的母親臉上露出前所未見的可怕表情，氣呼呼地站在動彈不得的香音面前。

香音無言低下頭，腳邊黑色的影子看起來像個洞。真想乾脆跳進洞裡算了。

「知不知道媽媽有多擔心妳！」

頭頂的聲音無力顫抖。

香音驚訝抬頭，這才發現母親的表情與其說是憤怒，不如說是驚慌失措。

「老師也很擔心喔，妳剛才到底是上哪去了？」

原來母親接到老師的電話，說香音沒有來上課，因此急忙前來找尋。

「對不起。」

「香音，媽媽問妳，妳不想彈鋼琴了嗎？」

香音睜大雙眼，抬頭望向母親。

「剛才電話裡，我也和老師稍微談過，妳是不是暫時休息一下比較好？上星期，老師是不是也和香音這麼說過？」

母親蹲下身子，讓視線和香音同高。

「拜託，老實告訴媽媽，我不會生氣，香音只要做自己想做的事就好。」

香音伸手輕撫掛在肩上的背包。背包底部突出來，是因為放了一個方形紙盒的緣故。

那時，聽了店員先生再次從櫃子上取下的音樂盒，香音不禁倒抽一口氣。這次流瀉而出的雖然不是巴哈也不是《讚美歌》，卻是她再熟悉不過的樂曲。

「您在學鋼琴對吧？」

店員這麼說，聲音很溫柔。

「對。」

「可是……」平常的香音絕對不會加上這句，不可能對陌生人說出自己內心的想法。

只是覺得，如果是這個人，或許能夠明白。如果是這個聽得出自己內心深處音樂的人，或許可以。

在音樂大賽上落選的事，提不起勁彈鋼琴的事，今天的鋼琴課蹺課了的事，全都毫不保留地告訴他。店員先生什麼都沒說，只是默默傾聽，然後，將兩個音樂盒在桌上排整齊。

「請從中選擇一個您喜歡的吧。」

香音比較左右兩個音樂盒。大概因為盡情吐露了心聲，心情輕鬆了幾分。

深呼吸一口氣，豎起耳朵。

「請給我這個。」

說著，指向後來拿出的那個音樂盒。店員先生滿意地笑開了眼，拿起香音選擇的音樂盒，轉動發條。

樸實的拜爾旋律，滲入香音耳中。

將店員先生幫忙裝進紙盒的音樂盒收入背包，香音一道完謝就立刻飛奔出店鋪。忽然好想彈鋼琴，一刻也不想多等，只想快點觸摸鍵盤。

凝視母親雙眼，香音開了口：

「我想繼續彈鋼琴。」

不是人人都能成為第一名。上星期，南老師曾這麼對香音說。因為這個領域就是這樣。不過，彈鋼琴也不是為了成為第一名。

那時，香音以為這話只是為了安慰自己。然而，或許不是那樣。老師單純只是說出事實罷了。

「我想彈得更好。」

想再次重拾那美妙的音色。

這是香音自己的決定，決定投入老師口中那個「就是這樣的領域」。想再次回到那天，回到被稱讚「好美妙的樂音」那個瞬間。

「我知道了。」

母親摸摸香音的頭髮，站直身子。

「那，我們一起去跟老師道歉吧。」

香音站在母親身邊，一起朝門口走去。耳邊彷彿聽見，不知從何處傳來的拜爾旋律。

對門

對門先生總是突然跑來。

猜想著他差不多該來了吧，他就怎麼也不來。以為他大概不會來的那一天，偏偏又會突然冒出來。像附近的流浪貓一樣，沒有任何前兆與規律可言，總是在人不經意的時候現身。

長相比起貓來，更像是狗。可能是因為眼睛細長，眼角有些下垂的關係。整體來說色素淡薄，眼珠與長及下巴的頭髮都帶點茶褐色。皮膚白皙得不輸瑞希。還有，該怎麼說呢，他整個人都無聲無息。回過神來才發現他站在入口的門邊發呆，老是嚇人一大跳。

儘管店長說他長得相當俊俏，但不是瑞希喜歡的型。瘦伶伶的身子太單薄了，而且也看不出年紀。要說跟瑞希差不多，或是比瑞希大很多，好像都說得過去。之所以老把他放在心上，並非出於什麼特別情感，只是因為他老是突然出現罷了。除了偶爾會有以前沒來過的觀光客上門外，這間店的客人基本上都是常客，而他們幾乎都在固定的星期幾和固定的時段上門。

店裡的吧檯從入口往內延伸，橫過整間店。瑞希從最邊邊開始仔細擦拭，一邊朝門口瞥了一眼。

這星期連一次都沒看到對門先生。「今天差不多該來了吧」的預感持續落空，都已經星期六了。

「瑞希，那邊擦完之後可以幫我把招牌拿出去嗎？」站在吧檯內側的店長說。

「好。」

瑞希朝吧檯後方伸長手，讓抹布落在流理臺邊。

「還有聖誕樹也麻煩妳了。」

店長也走出櫃檯，往設置於角落的音響前一站。思考事情的時候撫摸下巴鬍鬚是他的習慣。

左右兩手分別拿起入口旁高度及膝的四方形招牌和種著一小棵樅樹的盆栽，瑞希走到店門外。細細的樹枝上只繫著幾個紅色蝴蝶結，裝飾簡單的聖誕樹，和這間店的氛圍很搭。

用背關上門的瞬間，就聽不到歡樂的聖誕歌曲了。鋒利的冷空氣刺痛身體，她先暫停呼吸，然後再慢慢吐氣。宛如漫畫對話框的白色氣息飄上半空，倏地消散。微弱的陽光，從籠罩天空的厚厚雲層間灑落。

瑞希悄悄窺看隔著中間窄巷的對面那間店。櫥窗內暗暗的，對門先生似乎還沒來上班。

對門先生不姓對門，只因為他是「對門那間店的老闆」，所以瑞希和店長私下這樣稱呼他。

朝自家店鋪轉身，將聖誕樹盆栽和招牌並排放在入口前。空下來的雙臂交叉環抱身體，伸個懶腰。嵌在店門上半部的玻璃反射朝陽，變得像是一面鏡子，清楚映出瑞希的上半身。

把臉湊近玻璃，伸手迅速整理瀏海。對門先生說不定會在中午以前來。算算日子也該來了。畢竟上週四來過後，又過了這麼多天。不過，只要瑞希這麼一想，今天大概又不會來了吧。

「早安。」

聽見背後傳來的聲音，瑞希整個人跳了起來。戰戰兢兢回頭，一臉笑容的對門先生就站在那。

今天上午比平常還忙碌。

原本星期六的客人就比較多，除了假日早晨想悠閒度過的上班族常客外，其他位子坐的多半是男女成對的客人，這也是習以為常的光景了。再怎麼說，這一帶也算是個浪漫的約會景點。有運河，還有建在運河畔的歐式古典風格建築，確實具備一股獨特的情調。不只主要大街旁開了一整排以觀光客為對象的店，連巷弄裡的隱藏版小店、咖啡店和時髦雜貨店都增加不少，像瑞希這樣土生土長的年輕人也會來這裡玩了。即使是離中央鬧區有段距離，稱不上特別時尚的這間咖啡廳，偶爾也會有這樣的客人上門。

不過，今天這類客人的比例明顯變多了。

「不好意思，不巧現在客滿……」

瑞希對一手拿著報紙走進來的日經[3]先生道歉。

不只對門先生，店長擅自幫熟客都取了外號。有像日經先生這樣，用客人攜帶的物品命名的，也有用口頭禪、外表或當事人獨一無二的特徵命名的。

比方說，講話時一定用「老實說……」當開場白的老實說先生。包括鞋子、包包和戒指上的寶石，甚至頭髮都統一染成紫色的紫小姐。每次來都點藍山咖啡的青山先生。心情隨職棒比賽結果起伏，嚴重時判若兩人，一口關西腔的老虎❹先生。這些充滿個人特質的名字雖然好記，相反地，也會有不小心在當事人面前說溜嘴的危險，害瑞希經常冒冷汗。

「別這麼說，生意興隆是好事，我下次再來。」

儘管日經先生豪爽地回應，要拒絕每星期風雨無阻光顧的常客上門，對瑞希來說還是很不忍。一對看起來只有十幾歲的情侶坐在吧檯中央的位子，攤開旅遊導覽書，已經待了幾十分鐘了。

「畢竟是聖誕節嘛。」

---

❸ 日經是日本經濟新聞報的簡稱。
❹ 關西人支持的球隊多半是阪神虎隊。

正確來說，應該是聖誕夜。看似幸福的情侶散播的曬恩愛氣氛，侵蝕了平時平靜安穩的這間店。

目送日經先生離開，回到吧檯內側時，店長過來低聲說。

「瑞希，別忘了笑容，笑容。」

「不好意思。」

「瑞希笑起來明明可愛一百倍。」

店長說得一臉正經，瑞希也只能報以苦笑。

「對對對，就是要這個表情。」

原本以為自己很習慣做服務業。

從國中開始，瑞希有時也會幫忙家裡開的酒行顧店。酒行位於住宅區，會上門的客人也都是住附近的老鄰居，其實並沒有真正難以應付的客人。話雖如此，只要是人，難免會有心情不佳的時候，也會遇到個性莫名合不來的對象。透過顧店的經驗，瑞希學會無論面對什麼樣的客人，都能巧妙應對的方法。

問題是，酒行的客人通常只待幾分鐘，頂多十幾分鐘就離開。相較之下，咖啡廳就不是這麼回事了。雖說不是客人待在店裡多久就要服務多久，但只要店裡有客人在，精神總是無法鬆懈。在這裡打工兩年來，瑞希待客的技巧肯定順利成長了許多。決定在自家以外的地方工作看看，果然不是個壞主意。

還有，這裡不會有認識的人上門，這點也很好。

雖然有好幾個熟面孔常客，但他們不會稱呼瑞希是「酒行的瑞希妹妹」，只會叫她「店員小姐」或「小妹」。到目前為止，還不曾有瑞希的朋友或家人來過這間店。

中午過後，客人瞬間像退潮般散去。

由於店長堅持這間店的主角無論如何都必須是咖啡，所以店裡不供應午餐。就連輕食也只限烤吐司或三明治之類不費工的菜單。拜此之賜，午餐時段店裡總是很空，瑞希可以慢慢享用自己的午餐。

「辛苦了，妳可以去休息囉。」

聽店長這麼一說，瑞希便喜孜孜地鑽進吧檯內側。從入口處看不到的死角位置有一張板凳，她就坐在那裡，拿出包包裡的點心麵包。

店裡只剩下兩人時，剛才被嘈雜人聲淹沒的音樂忽然就聽得清楚了。店長一邊幫瑞希沖咖啡，嘴裡一邊哼著〈Jingle Bells〉的旋律。

「聖誕節真不錯，是吧。」

「是嗎？」

雙手接過店長遞來的天藍色馬克杯，瑞希歪了歪頭。察覺自己聲音有些僵硬，又用半開玩笑的語氣補上一句：

「不覺得太忙嗎？哎不過，店裡生意好是好事。」

「除了慶幸生意好之外，看到大家一臉幸福的樣子，不是很不錯嗎？」

店長笑咪咪地回答。

這間怎麼想都不賺錢的店，之所以還能如此細水長流地經營，靠的正是店長的人品。聽說開這間店之前，他是個東京的上班族。退休之後回老家開一間咖啡廳，是他從以前就一直計畫的事。

這間店快要滿五週年了。這麼算來，店長應該快六十五歲了。看起來比實際年齡年輕，是因為髮量豐沛的緣故嗎。還有，他的皮膚很好，臉色紅潤有光澤。包括紫小姐在內，每當店長向那些有點年紀的女客搭話時，她們總是會有點臉紅。這種場面瑞希都不知道親眼看過幾次了。

剛來這間店工作時，瑞希曾趁閒聊的機會問店長為何僱用自己。原以為店長看中的是高中畢業後在酒行工作一年的經驗，沒想到店長看著瑞希的眼睛，不假思索地說：

「因為妳長得很漂亮。」

那之後好一陣子，只要店裡一沒客人，必須和店長獨處時，瑞希都會緊張得不得了。

幾天後，這份緊張才得以解除。原因是一個跟模特兒一樣好看的俊俏青年來到店裡，店長摟著對方的肩膀，對瑞希介紹「這是我男朋友」。

「對門先生今天訂的是幾點來著？」

店長像是想起了什麼，詢問啜飲芳香咖啡的瑞希。

「三點。」

瑞希在這裡工作兩、三個月左右時，開始外送咖啡到對門那間店。

在那之前，瑞希根本沒注意過對門開的是什麼店。咖啡廳早上九點開門，傍晚六點打烊時，對面的鐵門都是拉下的，看不出來到底有沒有在營業。別說踏進去看看了，瑞希連櫥窗裡放的是什麼都沒去看過，更不可能認識店主。

他第一次以客人身分上門時，只覺得來了個生面孔。直到他在結帳時，用不確定的口氣提出問題前，瑞希都未特別注意他。

「請問……這裡的咖啡可以外帶嗎？」

「不好意思，沒有辦法。」

瑞希語氣冷淡，暗忖這客人真沒常識。只要看一眼這間店就很清楚了吧，又不是那種外商連鎖咖啡店。

「那麼，外送呢？」

「我們沒在做外送。」

一口回絕，心裡倒是意外地想，原來這人住在附近啊。看起來不像當地人，或許不是居民，只是在附近工作吧。

當時，從外地搬來這一帶做生意的居民增加了不少。似乎是為了因應市政府的政策，那些也可說是觀光資源的歷史建築紛紛改建為店面，積極招商。以結果來說，有些店家順利融入地方，生意發展得有聲有色，也有些店家和近鄰起了衝突，很快就倒店收手了。瑞希老家的酒行遠離鬧區，旁邊也沒有新的店家出現，不過，還是能從商業公會那邊聽到不少這類傳聞。

「從大都市跑來的人，大概帶著在園遊會上賣東西的感覺開店吧。」父親用說不上是傻眼還是佩服的語氣這麼說。母親則不置可否地在一旁答腔：「最近的年輕人比較有行動力嘛。」那類店家，瑞希也曾去過幾次。講得好聽一點，是以「手作的溫度」為賣點，說穿了就是外行人開店，生澀的老闆拚命招呼客人。那些人並不是壞人，倒不如說各個看起來人都太好了。另一方面，也給人一種不夠腳踏實地，搖搖欲墜的感覺。

「這樣啊，那真傷腦筋。」

他扭扭捏捏地低下頭，把玩手上的空杯子。

「可是，我自己又沖不出這麼好喝的咖啡……」

這人說話怎麼這麼牛頭不對馬嘴。想喝咖啡的話，來店裡喝不就好了嗎。瑞希正想這麼回應時，大概看不下去兩人的雞同鴨講，或者單純因為被稱讚而飄飄然，店長從吧檯裡出手相助。

「不好意思吶，正如您所見，本店只是間小店，也沒有準備外送專用的容器。」

「啊，這倒是不要緊。」

他似乎鬆了一口氣。

「我的店就在那裡而已。」

舉起手，朝門口——正確來說，是朝玻璃後面的對門——指過去。

「原來是賣音樂盒的啊。」

他離開後，店長偏著頭說。

「前陣子還是二手工具店，什麼時候改了呢，我完全沒發現。」

瑞希也是，幾乎不曾注意過對門的店賣什麼。話說回來，不管是搬走還是搬來，竟然完全沒發現，店長的神經也真是大條。

三點一到，瑞希就在店裡平常用的銀色托盤上放兩杯咖啡，端出咖啡廳。除了咖啡外，托盤上還有裝了牛奶的小陶瓶和砂糖罐，端起來挺重的。因為怕咖啡外濺到杯碟上，橫過對街時，瑞希幾乎腳不離地。

氣溫比早上又降了一些，烏雲遮蔽陽光，天暗得彷彿日暮時分。可能就快下雪了。

右手腕撐著托盤，左手轉動門把。門上的鈴鐺發出低調的哐啷聲。店內深處的桌旁，背對門口坐著一男一女兩位客人。對門先生坐在他們對面，看來正在解說什麼，看到瑞希進來，眼神微微染上一抹笑意。

對門先生的音量雖然不大，聲音卻聽得很清楚。或許因為店內沒有多餘雜音的關係吧。說到一般的音樂盒店，多半給人隨時播放著音樂的印象，這裡卻總是安安靜靜的。之前對門先生告訴過瑞希，這麼做是為了不妨礙客人試聽。

除此之外，這間店還有很多講究之處。比方說燈光偏暗，是怕太明亮的話，客人的注意力無法集中在音樂上。櫃子上擺滿試聽用的音樂盒，則是希望客人能盡可能多試聽幾首曲子。還有，為上門的客人準備咖啡，則是想讓客人在店內放輕鬆。

「這樣我才能好好聽清楚。」

對門先生這麼說，瑞希覺得很意外。

「聽清楚？」

「對，遇到希望特別訂製音樂盒的客人時，多半需要傾聽他們內心流瀉的音樂。」

愈聽愈不明白了。

「妳要不要試試看？」

他探出身子問。

「嗯，下次有機會的話。」

瑞希打了個馬虎眼，速速離開音樂盒店。這樣大概就知道自己沒打算買了吧，從此之後，他也不曾再推銷過音樂盒。關於「傾聽內心的音樂」究竟是怎麼回事，瑞希也就無法進一步確認了。或許是同業間才知道的暗語或術語之類的吧，隨便亂問說不定會冒犯人家，還是別多嘴的好。

瑞希站在桌旁，那兩個客人沒有轉頭，只朝她瞥了一眼。鞠個躬，先為女性客人端上咖啡。店長選了兩個同款不同色的杯子，一個是白瓷上畫著粉紅小花，另一個則畫著藍色小花圖案。將粉紅小花杯連著杯碟一起從托盤上移到桌上，再將砂糖罐和牛奶小陶瓶放在旁邊。

點頭表示謝意的女客，年紀似乎和瑞希差不多大。是學生還是社會人士呢？有一張看起來很溫柔的白皙圓臉，紅色的短袖毛衣很適合她。

「以上是為兩位的說明。」

對門先生精神抖擻地說。平時態度低調的他，在咖啡廳時也常顯得不知所措，只有在自己店裡說明關於音樂盒的事情時，神色最是大方自若。

「連曲目都交給店家決定的特別訂製音樂盒，真令人好奇呢。」

「是啊，原來還可以這樣……」

兩位客人低聲交談。瑞希繞到男客身邊，放下咖啡。

「可以的喔。」

對門先生充滿自信地說。

「既然難得有這樣的機會，那就拜託看看囉。」

男客如此回答，瑞希不知為何在意起來，朝男客側臉望去時，手上的空托盤差點拿不住。拚了命地強忍衝動，才沒有脫口而出「祐也」兩個字。

瑞希和祐也從高二開始交往，在一起兩年半後，也就是前年的聖誕節時分手。嚴格說起來，最後的半年或許已經稱不上「在一起」了。祐也上了外縣市的大學，瑞希正式在家裡的酒行工作，見面的時間銳減。

減少的還不只是見面的時間。就算見了面，光是要找到共通話題都顯得費勁。就算高中時每天在同一間教室裡度過，一旦各自的環境產生天翻地覆的變化，最後會變成這樣也無可厚非。再說，彼此選擇的道路，站在對方立場看來都是完全陌生的領域。無論祐也如何興致勃勃地說明，瑞希還是無法想像大學究竟是個什麼樣的地方。老實說，她也不太有興趣，從正在努力打入那個世界的男友身上無法獲得共鳴。反過來說，祐也大概也對瑞希抱著類似的感覺吧。

這種事很常見。

很快地，祐也幾乎不再提大學裡的事，瑞希也幾乎不再提工作的話題。兩人不是聊過去的回憶，就是跳過現在，直接談論未來。

「祐也畢業後想做什麼？」

「不知道耶，在這附近找個工作吧？」

祐也的答覆，令瑞希感到安心。只要再過幾年，我們就能再待在彼此身邊了。就算職場不同，同樣以社會人的身分工作，一定能重拾過去的好默契。現在稍微忍耐一下就好，到時將會再次走回同一條路。

大學開始放暑假後，兩人也比先前更頻繁碰面了。配合瑞希的假日，兩人會一起去購物，騎摩托車去海邊兜風，或是就在附近散散步。假期當中，祐也為了忘記是足球還是五人制足球的社團活動，跑回學校好幾次。裕也總驕傲地說社團裡學長很多，從他們那裡學到不少事，獲得很大的幫助。

或許是受到了那些學長的影響。

「之後找工作，可能還是去東京比較好。」

夏天快結束時，祐也開始這麼說。

「東京？」

瑞希大吃一驚，這跟原本說的不一樣。

「東京的公司數量和這裡完全不同，能做的事也更多。」

「祐也，你想做什麼工作？」

忍不住這麼問。

「那個今後才要開始思考啊。」

祐也心虛地皺起眉頭，像順帶一提似地補上一句：

「不然瑞希也一起來？」

「我？為什麼？」

「不用擺出這麼嫌棄的表情吧，我只是問問看而已。也是啦，瑞希對家鄉的感情很深嘛。」

祐也刻意用誇張的語氣，聳了聳肩這麼說。

瑞希不記得自己當時怎麼回答了。因為，光是要壓下火大的情緒就用盡了力氣。

自己的確很喜歡這裡，畢竟家人和朋友都在這，周遭熟悉的景色也令人安心。家裡開的酒行待起來很自在，看在別人眼中，自己或許扛這塊酒行招牌扛得悠然自得也說不定。

可是，瑞希其實也有不安的時候，不確定這樣過下去真的好嗎，也會煩惱地問自己到底想做什麼。不想被說得彷彿腦袋空空，安於現狀的樣子。更不想被認為自己除了這個小鎮之外什麼都不知道，也不想因為這樣被同情。

從此之後，瑞希腦中動不動就會浮現「對家鄉的感情很深」這句話。不只和祐也見面時如此，連在店裡工作時也會。

認識的客人接二連三上門。好懂事，開始工作了啊。國中和高中時的同學這麼稱讚她。也有人天真地羨慕她有一份穩定工作。常客們瞇起眼睛說，瑞希都這麼大了，真了不起。聽到客人說「女兒這麼孝順，你老了就不用擔心啦」的父親，露出難為情的笑容。

大家都沒有惡意，甚至可能根本沒有別的意思。可是，現在愈是受到肯定，瑞希就愈喘不過氣。

進入秋天，大學開學後，和祐也見面的機會再次變少。隔了好久才見上一面的聖誕夜那天，率先提出分手的人是瑞希。不過，祐也也沒有反對。

那天，一個人沿著運河信步亂走，不知何處飄來非常好聞的香氣。是咖啡香。晃到咖啡廳門口一看，門上貼著徵人的紙條。

「請問……妳還好吧？」

對門先生擔憂的聲音，讓瑞希回過神來。

圓圓的托盤抱在胸前，瑞希茫然望著坐在桌邊的三個人。大家都不知所措地歪著頭，抬眼看瑞希。對門先生、女客，還有那位男客。

仔細一看，他其實也沒那麼像祐也。

回咖啡廳後，店裡生意比上午還忙。好不容易客人都離開時，已經是下午五點了。

「今天差不多可以打烊了。萬一等一下又有新的客人進來，坐太久也很傷腦筋。」

店長這麼說。不知是否錯覺，總覺得他心不在焉。今晚大概有約會吧。

店長現在的男朋友已經不是最早介紹給瑞希的那個俊俏青年，而是個高壯肌肉猛男。瑞希無法從店長選男人的眼光中找到一貫性，除了上述兩人，店長還帶過另外兩、三個人來店裡介紹給瑞希認識，其中有西裝筆挺的上班族，也有蓄長髮戴墨鏡的音樂人。

「店長真是花心。」

瑞希半開玩笑地嘆口氣，便接到店長毫不留情的反擊。

「瑞希也要加把勁啊，枉費妳還這麼年輕。」

和祐也分手後，瑞希沒有固定交往的對象。雖然沒有直接說過，不過大概瞞不過直覺敏銳的店長。

偶爾也有人約她。有咖啡廳的客人偷偷遞給她寫了聯絡方式的紙條，在附近巧遇從前同學時，對方也曾乾脆地邀她一起去喝兩杯。不是瑞希愛炫耀，自己並非沒有異性緣的女生。國中和高中的班級都會定期舉行同學會，只要瑞希願意出席，說不定也能就此找到共度假日的對象。

不過，不知為何，她就是提不起勁。

不是因為忘不了祐也，對那種人早已沒有眷戀。只是不想再重複一樣的事，那太空虛了。和總有一天會離開這片土地的人親密起來，說到底不過是白費工夫。話雖如此，她也不想找個篤定會在這裡生活一輩子的人，確認彼此「對家鄉的感情很深」。

「好，把招牌收進來吧。」

「啊，我來就好。」

制止正想走出吧檯的店長，瑞希朝門口接近。

「對了，也得去回收咖啡杯。」

隔著門上的玻璃朝外窺看。對門的店還沒拉下鐵門。

「說不定他會約妳喔，一起吃晚餐什麼的。」

店長故意這麼調侃，瑞希頻頻搖頭。

「怎麼可能，不會的啦。」

瑞希和對門先生之間只交換過簡單的對話。專程上門來買訂製音樂盒的客人不是那麼多，外送咖啡的訂單一個月只有幾次，不過，他本人有時也會過來喝咖啡。只是瑞希和他私下既無交情，就連他的聯絡方式和本名都不清楚。

「不然，妳自己試著約他看看？」

「不可能，不可能。」

「不可能嗎？可是，我看每次那男孩來時，瑞希妳的舉止都很慌張。」

店長噘起嘴，一副沒好戲看的嘴臉。

「那是因為他每次都突然上門啊。」

「其他客人還不是一樣，我們這裡又不是需要預約的店。妳再這樣磨磨蹭蹭下去，萬一他去了別的地方怎麼辦？」

閒聊之間，倒也多多少少聽對門先生提起一些過往的經歷。對門那間店，似乎是瑞希來這裡打工前一年左右開的。他說自己是從外地搬來的，也說了原本住的地名，但那地方瑞希不認識。他還說這不是他第一次搬遷，至今住過好幾個城市。

可能是因為賺不了多少錢吧。在一旁聽兩人對話的店長，後來曾語帶同情地這麼說。和咖啡廳不一樣，音樂盒店很難培養常客。

就算不是這樣，對門先生身上本來就散發一股隨時可能離開的氛圍。他本人雖然從未這樣說過，但瑞希就是知道。或許，他不是會永遠停留在這裡的人。

「我過去一下喔。」

抱起剛才用的托盤，瑞希走出店外。因為天氣冷，腳步自然加快，幾乎是用衝的跑過去，打開音樂盒店的門。

對門先生托著下巴，坐在和兩小時前同一個地方，店內那張桌子內側。

「辛苦了。」

明知這是可有可無的寒暄，瑞希還是每次都這麼說。因為客人離開後的店內，他看起來總是一副筋疲力盡的樣子。或許平常太沉默寡言了，在客人面前熱心說明了那麼多之後，也難怪會累成這樣。

「喔，妳好。」

對門先生輕輕點頭。

今天的他似乎特別無精打采。咖啡杯和糖罐都還放在瑞希原本放的地方。要是平常，他會將它們集中放在桌子旁邊，好讓瑞希方便收拾。

瑞希不經意地想，大概是聖誕夜的錯。雖然店長說大家看起來都一臉幸福，世界上一定也有不是那樣的人。腦中浮現店長「說不定他會約妳喔」的聲音，又匆匆打消這個念頭。

走到桌邊，發現另一件更稀奇的事。兩個咖啡杯裡的咖啡幾乎一口也沒減少。

「不好意思。」

注意到瑞希的視線，對門先生歉疚地說。瑞希急忙搖頭，這又不是他的錯。

「是不合客人的口味嗎？」

「不，不是這樣的……」

他有些難以啟齒，又有些哀傷地繼續：

「是連請他們喝的時間都沒有。」

原來，送上咖啡之後不久，那兩人沒有訂製音樂盒就離開了。

「他們原本是想訂製一個音樂盒，用來紀念交往一週年。」

對門先生語氣沮喪。

「那位男性好像組了個業餘樂團，聽說也會自己作曲。他提到想使用當中自己最中意的曲子製作音樂盒。不過，聽到我說能用客人心中流瀉的音樂來製作，似乎引起他們的興趣……」

瑞希終於將一直以來的疑惑問出口：

「請問，所謂心中流瀉的音樂是指……」

「就是客人心中流瀉的曲子。」

對門先生不假思索地回答。

大概是自己提問的方式不對吧。不過，面對比平常多話的他，瑞希實在不想一而再、再而三地潑冷水。決定將這句話解釋為「在心中留下深刻印象的曲子」，繼續聽對門先生往下說。

「所以，後來決定用那位女性心中流瀉的曲子製作。」

一般來說，特別訂製的音樂盒，會在製作完成的階段才請客人試聽。這時如果客人覺得不妥，就再著手修改。沒想到，那位男客無論如何都想在明天，也就是聖誕節當天將這個音樂盒送給女方。

「現在馬上動手的話也不是來不及。只是，萬一到了明天才說要修改，那可就傷腦筋了。為防萬一，我便請那兩人先確認樂曲了。」

說著，對門先生指了指放在桌角的一個小型鍵盤樂器。

「一把我聽到的曲子原原本本彈出來，他就呆住了。」

「咦？」

「原來那不是他創作的曲子。不只如此，那根本是完全不同領域的樂曲，而且好像還是他很討厭的歌。」

女客也驚訝得瞠目結舌。男客鎮定下來問她，她才坦承那首歌是她與其他男人之間的回憶。這下也不用做什麼音樂盒了，兩人就這麼離開。

「我好像做了不該做的事，真希望他們能和好。」

對門先生垂著肩膀，頹喪地說。

「沒事的啦。」

看來，他大概是猜中了那位女客的「回憶之歌」。不管怎麼說，瑞希只能先安慰他。

「都交往一年了，偶爾爭吵也是難免的。再說，我看她應該很愛她男朋友。」

站在他們身邊時，瑞希親眼看到她對男友投以充滿愛意的眼神。應該只是碰巧跟昔日戀人一起聽過的曲子在內心留下深刻印象，現在的她愛的還是身旁的男友才對。

「她確實拚命解釋了，說雖然過去一直沒有提過這件事，總之現在希望對方能聽她說明。」

「是吧？既然如此那就不用擔心啦？這說不定還是個好機會呢。」

「可是，也不知道她能不能順利說明，我看男生好像很受打擊的樣子。」

對門先生還是一副沮喪的樣子。得想辦法振作他的精神才行，思考了半天，瑞希靈光一閃。

「請等一下喔。」

不等他回應，瑞希就衝回咖啡廳了。她拜託店長再沖一杯咖啡，把正在收拾東西、準備離開的店長嚇了一大跳。

接過瑞希遞來的深綠色馬克杯，對門先生朝杯內呼呼吹氣。

「好喝。」

啜飲一口後，他感動地這麼說。

「啊，不好意思，我先喝了。」

「沒事，別客氣。」

於是，他朝頻頻搖頭的瑞希舉起手中的馬克杯。

「那，乾杯吧。」

杯子相碰，發出輕微的聲響。瑞希的馬克杯是鮮艷的紅色。

雖然瑞希只說「一杯」，店長依然為他們準備了兩杯，還說什麼「這是我送妳的聖誕禮物，別客氣，跟他好好聊一聊吧，店裡的門窗就交給妳鎖了喔，快去吧」。說完，不由分說地朝瑞希愉快揮手。

看到瑞希雙手捧著不同顏色的馬克杯回來，對門先生難得地從桌子後面走出來，和瑞希一起並肩坐在剛才那兩位客人的位置。

「第一次用這麼大的馬克杯喝耶。」

事實上，這也是店長打的好主意。他得意洋洋地笑著說：「這樣就得花點時間才喝得完了。」

這麼長的時間，到底該說什麼才好呢。

「偶爾也會遇上呢，像這樣的問題。」

對門先生率先開口。

「其實我有時也會想，說不定讓客人自己指定曲目比較好。實際上也有不少客人想這麼做。可是，難得有這個機會，我還是希望能讓客人帶回只有這裡才買得到的音樂盒。」

「那個……其實我有點聽不懂。」

瑞希小心翼翼地插話。

「客人喜歡的曲子，和所謂內心流瀉的曲子，不一樣嗎？」

「當然也有一樣的人喔。不過，以我的經驗來說，不一樣的人好像還是比較多。」

對門先生偏著頭陷入思考，又接著補充：

「記憶不也是這樣嗎？難忘的未必只有高興的回憶，也會有怎麼都忘不掉的悲傷記憶。這和自己想不想記住是兩回事。」

「原來如此。」

這麼說的話，瑞希好像也有點懂了。不過。

「然後，你聽得到那個嗎？」

對門先生微微一笑，顯得有些羞赧。

「聽起來很像騙人的對不對？可是這是真的，我好像天生就有一副好聽力。」

將馬克杯放在桌上，對門先生的手朝耳邊伸去。撩起長髮，露出掛在耳朵上的透明器具。

左右兩耳各掛著一個，他用熟練的動作卸下那器具，朝馬克杯旁一放。透明的還是第一次看到，不過對這東西的形狀瑞希並不陌生。常來咖啡廳的年長客人中，偶爾也有人戴著類似的東西。

問題是，剛才對門先生才說他自己「聽力很好」。

「這個東西，形狀雖然很像助聽器，功用卻不一樣。啊，就調節音量這點來說，倒是一樣的意思。」

彷彿看穿瑞希內心的疑惑，對門先生這麼說。

「不過，我的狀況有點特殊。我的耳朵不是聽不清楚，而是聽得太清楚了。」

根據對門先生的說法，如果耳朵上什麼都不戴的話，好像能聽見音樂。身邊的人內心流瀉而出的音樂。

「說是身邊的人，其實每次聽得見的範圍都不大一樣。有時僅限於在店裡的人，有時連更遠的地方都聽得到。」

一時之間，瑞希不知如何回應。從來沒聽說過這種事，但他看起來既不像是在跟瑞希開玩笑，也不是那種會信口雌黃的人。認真的眼神，正緊盯著瑞希看。

「一兩個人還好，人一多的時候，真的會覺得很吵。像是上街或搭電車，我都會很緊張。就算耳朵上已經戴了這個，還是會一再觸摸確認。」

對門先生的指尖輕撫過放在桌上的器具。

「請問，那可以說是一種超能力嗎？」

瑞希努力試著這麼問。

「不，好像是聽力的問題。」

還是聽不太懂。可是，事實擺在眼前，對門先生剛才的確聽見那位女客內心的音樂了。聽起來，他之前也一直是用這種方式做生意，想必確實具備某種能力吧。瑞希心想，姑且不論客人怎麼樣，他對我說這種謊沒有任何好處。

「除了音量大小之外，各種曲子混在一起響時，真的會讓人聽得很難受。」

對門先生打了個哆嗦，望向靠牆的櫃子。

「若要比喻的話，就像這裡所有音樂盒同時響起。」

瑞希跟著他環顧店內，嘗試想像。想像這間安靜的商店裡，櫃子上所有音樂盒同時響起的景況。

「那樣的確會很吵雜呢。」

對門先生重新轉向瑞希，深呼一口氣。

「呼，太好了。」

「咦？」

「怕妳可能會不相信這種事。」

「你對客人也都這樣說明嗎？」

瑞希問。要是這麼說的話，恐怕會被懷疑是某種詐欺手段吧。

「不，我只是把做好的音樂盒交給對方。」

「客人不會問你怎麼知道的嗎？」

「很少有人問呢。要是被問到了，只要回答我聽力很好就行了。」

對門先生說得很乾脆。

「明明對當事人來說是那麼有紀念性的歌，卻很少人問嗎？」

「不，究竟是不是有紀念性，也是要看狀況。」

「看狀況？」

「那首樂曲本身可能未必有什麼紀念價值，只是出乎意料地，在人生重要場合碰巧聽見的樂曲，往往會留在心底很久。」

邊說邊思考，對門先生繼續：

「不過，或許音樂本來就是這麼回事。總在印象深刻的回憶背後響起。反過來說，有時音樂也會喚醒某段回憶。」

確實是這樣，就連對音樂不甚感興趣的瑞希，聽見從前的流行歌時，腦中也會毫無前兆地浮現當時發生過的事。

「在我們這個業界，有時也稱那是『回憶的伴奏』。」

「真是一份好工作。」

瑞希說。語氣出乎意料的真誠。

儘管一個不小心就會被洪水般的紊亂聲音淹沒是一件很辛苦的事，但能活用自己的特殊能力與專業技術，製作出世界上獨一無二的商品，再怎麼說這份工作還是很有價值。或許正因對門先生對自己的實力——聽力？——有自信，才能像候鳥一樣飛往一個又一個陌生的城市。那拍動優雅的翅膀，毅然決然乘風飛起的勇氣，令瑞希羨慕不已。

對門先生沒有回應，從桌上拿起透明的器具，依序輪流裝上右耳和左耳，最後輕輕甩頭，讓披下來的頭髮重新遮住耳朵。

看著他沒有一絲多餘的動作，瑞希腦中忽地浮現一個疑問。他說不戴那器具時，自己能聽見別人心中的音樂。這樣的話，剛才他不就能聽見我內心的音樂了嗎？

本想問他自己內心流瀉的是哪首曲子，想了想還是算了。反正一定不是什麼了不起的曲子。萬一是祐也喜歡的搖滾樂團歌曲，那可就笑不出來了。瑞希自己對音樂毫不精通，每天聽著店長在店裡播放的爵士樂，好歹也該產生一點興趣，可惜看起來完全沒有。

「之前請妳外送飲料來給一個母親和她的三歲兒子，還記得嗎？」

對門先生握著馬克杯說。

「記得，那孩子喝的是果汁。」

幾乎很少有人點咖啡以外的飲料，所以瑞希印象深刻。那是剛開始做外送不久時的事。

「我從那孩子心裡聽到的，是他母親哼的搖籃曲。還有，一群組樂團的學生也很有意思，她們內心流瀉的分別是自己負責的樂器聲。」

他說有時也會從同一個客人心中聽到幾首不同的曲子。比方說，從一位學習鋼琴的小學生心中，好像就聽到了好幾首她彈奏過的樂曲。還有不知為何，從一位男性客人心中同時聽到古典樂和老派的演歌。

「有各種狀況呢。」

「是啊，各種狀況都有。」

對門先生喝光杯中的咖啡，雙手將杯子高舉到眼前致謝，再放在瑞希面前。

「感謝招待。」

裝作若無其事地瞥一眼手錶，瑞希倒抽一口氣。竟然快七點了，沒想到一待就待了這麼久。

「打擾你這麼久，真不好意思。」

急忙站起身來，將咖啡廳拿來的東西集中放入托盤。

「啊，請等一下，我還沒付錢。」

「不用、不用，平常承蒙您惠顧。」

反正，這兩杯咖啡是店長請客。

「真的可以嗎？」

一臉為難地看了看瑞希，對門先生忽然嘟噥了句「對了」，站起身來。接著，從櫃子上取下一個音樂盒，放在托盤角落。

「這個，不嫌棄的話請收下。」

「可以嗎？」

這次輪到瑞希不好意思了。他嚴肅地回答：

「請務必收下，妳若願意收下那就太好了。」

「那就謝謝了。」

瑞希深深低下頭，雙手舉起托盤，表示謝意。對門先生先站起來，為她打開店門。

「回去小心喔。」

說著，他抬頭仰望天空。

「啊，下雪了。」

瑞希也抬起頭，看到銀白的雪片從漆黑的天空翩翩飄落。

回到咖啡廳，立刻拿出音樂盒來聽。

翻轉透明盒子，轉動底下的發條，重新放回吧檯上。輕柔的高音在安靜的店裡迴盪。

一聽出那是什麼歌，瑞希瞬間全身無力。

那是再熟悉不過的旋律，別說聽過，這一個多月來，幾乎每天都在聽。正確來說，是被迫聽著這首歌。

「什麼嘛。」

錯愕的聲音，在空曠的店內落寞地響起。

那是到處都能聽到的聖誕歌，連小孩子都知道的平凡無奇歌曲。店長今天播放的唱片裡也有這首歌。

走進吧檯內側，轉開流理臺水龍頭，水聲蓋過音樂盒的聲音。

將髒餐具一一洗乾淨後，一邊用強力水柱沖刷手心，一邊讓腦袋冷靜。心想，自己真像個傻瓜。失望什麼嘛，真傻。

為什麼會期待音樂盒裡流瀉出特別為自己準備的音樂呢。一定是在那間店裡聽了他替客人特別訂製音樂盒的事，一時之間誤會了吧。追根究底，對門先生連一個字也沒說過這個音樂盒是特別準備的，只因為是聖誕節，所以應景地選了聖誕歌罷了。

或者，說不定他從我心中完全聽不見任何音樂。畢竟，我連自己都想不出有什麼歌會出現在自己心裡了。所以這很有可能。對門先生的聽力再怎麼好，也不可能聽見不存在的聲音。

手一滑，沾滿泡泡的紅色馬克杯掉進流理臺。無視刺耳的不協和音，腦中再次盤旋起歡樂的聖誕歌。明明音樂盒早就停了。

厭煩地撿起馬克杯檢查，沒有摔裂也沒有摔破。重新沖乾淨，倒扣回籃子裡，腦中想到另一個可能性。

該不會我心裡流瀉的，真的就是這首歌吧。

最近，店裡播放的盡是聖誕歌曲。那些聽到生膩的音樂不知何時在自己耳朵裡生根了也不奇怪。

是了，一定就是這麼回事吧。恍然大悟之餘，又覺得有些滑稽，瑞希拿起那個綠色的馬克杯。不經意地抬起頭，看見透明的小盒子還放在吧檯上。

心頭一驚。

眼前清晰浮現將那音樂盒交給自己的對門先生。同時，也想起他說的話。

「人生重要場合碰巧聽見的樂曲，往往會留在心底很久。」音樂能喚醒重要的回憶。

把這個音樂盒送給自己的不是別人，正是對門先生。直到剛才，兩人還面對著彼此聊天。往後一聽到這個旋律就想起他，說來也很自然。

不過，或許這音樂從更久以前就已在我心中流瀉了。

站在吧檯裡環顧無人的店內。聽著一遍又一遍播放的聖誕歌曲，一邊在這裡忙進忙出時，我總是不經意地想著對門先生的事。一次又一次，怎麼想也想不膩似的。

放下洗到一半的東西，瑞希衝出店外。

旁若無物地跑上眼前的道路，左右張望。才過了一會兒，雪已經下得很大了。白茫茫的視野前方，一個走在運河畔的背影映入眼簾。

「等等！」

瑞希大喊。撲簌簌落下的雪中，對門先生緩緩轉身。

你先請

打開客廳門，昏暗的空間裡有紅色燈光閃爍。

康則把雙手抱著的東西放在地上，按下答錄機留言的播放按鈕。嗶——機械發出不祥的聲音。

您有、兩條、訊息。

斷續的人工語音不帶感情。不要緊的。康則這麼說給自己聽。如果有什麼緊急狀況，應該會直接打到手機才對。打到那個聽店裡的人一說「這是操作簡單，很受年長客人歡迎的機型」就直接簽約買下的，像個玩具似的機器。

第一條、今天、下午、一點四十分。

「您好，我是Beauty Salon的牧野。」

答錄機中傳出幹練的中年女性聲音。「Beauty Salon」。康則在腦中複誦這個陌生的詞彙，再繼續唸出「牧野」這個名字時，腦中浮現同一個鎮上那間經營多年的美容院。

「您預約了今天早上十點來店裡，因為現在還沒看到您過來，所以致電聯絡。可能是預約時出了什麼差錯，若您方便請回電。」

第二條、今天、下午、三點八分。

「是我，初子。我剛才到家，事情已經聽小百合說了。」

聽到大姨子明顯緊張的聲音，康則緩緩呼出哽住的那口氣。

這才察覺房裡實在太暗了，趕緊把燈打開。四射的白光照亮室內。餐桌上堆了一堆郵件，便當和外帶菜餚的空盒快要從垃圾桶裡滿出來。餐廳旁的客廳沙發已經被脫下來的外套和便利商店塑膠袋占據，連個坐的地方都沒有。

「說是沒有生命危險，真的嗎？現在情況怎樣？康則你生活上有沒有不方便？」

大姨子平常講話速度就快，現在更是一口氣加速，連珠砲似地拋出一串問題。

「總之，我下星期就過去。十號星期一下午，我會盡可能早到。」

視線朝掛在電話上方牆壁的月曆望去，康則疑惑地歪了歪頭。

十號不是星期一，是星期五。大姨子是搞錯日期還是搞錯星期幾了呢。雖然這一點也不像她會做的事，但也由此可見她真的慌了。

「我會再打電話來。」

嗶——電子音再度響起，屋內恢復寂靜。

不，不對，康則想通了，朝月曆伸手。搞錯的人是自己——而且說不定，自己比大姨子更慌。

翻過一頁，下面出現的才是十一月的月曆表。和寫得密密麻麻的十月不一樣，上面還幾乎是空白的，只有七號那格寫著「牧野（十點）」而已。撕下十月那頁丟掉，再在十一月十號那格裡填上「大姊」。

這時，康則注意到還有一個地方也做了記號。二十五號星期二那格，日期的數字用筆圈了起來。

這記號代表什麼呢？再次歪著頭思考時，電話忽然猛地震天價響，他急忙接起電話。

「喂？康則？我白天也打過電話……」

大姨子迫不及待地講了起來。

十一月十號，大姨子按照約定，在下午一點多時來了。牆壁、地板和窗簾都是白色，飄著淡淡消毒水氣味的單人病房裡，穿著一身亮藍色套裝的她英姿煥發地奔進來。

那時正吃過午餐，絹子從床上坐起來，把枕頭枕在背後，康則拉了一張板凳坐在旁邊。

「我說小絹，妳沒事吧？」

大姨子跨步走向絹子枕邊，把臉湊近妹妹，打量似地盯著看。

「為什麼不早點通知我呢？」

絹子住院是兩星期前的事，當時大姨子才剛出發前往歐洲旅遊。

暫且聯絡了她的孩子們，也就是康則和絹子的外甥及外甥女。一方面是因為絹子的病況已趨穩定，眾人商量的結果，決定等大姨子回國後再通知她。絹子自己也贊成這麼做。

「旅途中接到這種消息，妳一定會坐立不安啊。」

妻子苦笑回答，康則裝作不經意的樣子，朝她的側臉望去。今天狀況看起來很不錯，或許因為姊妹倆好一陣子沒見了，今天看到姊姊，讓她多了幾分精神也說不定。

姊妹倆感情很好。年紀相差七歲的緣故吧，大姨子像母親一樣事事照顧絹子，做妹妹的絹子也很依賴她。這或許也和雙親早逝，兩人一直相依為命有關。大姨子總是拍著胸脯說「我得代替爸媽照顧小絹」，還說「連丈夫都是我幫她找到的，很厲害吧」。

大姨子的婚禮上，以「新郎公司同事」身分出席的康則認識了「新娘的妹妹」絹子。

說得更精確一點，兩人正式交談的場合是婚禮後的宴會，就是現代人說的「會後宴」。在大姨子的提議下，會後宴企劃為一場舞會。當時城裡也有幾個舞廳，據說大姨子婚前常去跳舞。

舞伴以抽籤方式決定。站在絹子面前的康則，簡單自我介紹後，第一件事就是先道歉，因為這輩子從來沒跳過舞。絹子用細得像蚊子叫的聲音說：「請別介意，其實我也是。」

最重要的舞到底跳得怎樣，康則已經不記得了。只記得學著旁人搖擺身體，也不知是出於緊張，還是因為酒喝得比平常多的關係，那段記憶完全失落了。那天，連絹子的聯絡方式都沒問。應該說問不出口。即使覺得她是個溫柔的好女孩，對康則而言，要辯才無礙地縮短與異性之間的距離，這比跳舞還要難得多。

過了一陣子，正當以為再也沒有機會見面，打算放棄時，康則受邀前往新婚夫妻家，發現不知為何絹子也在場。「因為小絹說她無論如何都想來啊。」大姨子滿不在乎地說著玩笑話，躲在她身後的絹子一臉難為情的樣子。任誰都看得出來，她是被雞婆的姊姊硬拖來的。

姊妹倆感情雖好，個性卻是截然不同。好強的大姨子情緒起伏激烈，一想到什麼就立刻付諸行動。相較起來，絹子文靜又內斂，做什麼事都溫溫吞吞，慢條斯理。

康則搬了一張板凳過來，大姨子坐下來，翹起二郎腿。

「這種時候一定要通知我啊。旅行那種事一點也不重要，途中結束行程回來就好。」

大姨子板著一張臉，憤憤不平地說。事實上，康則和絹子及甥女們就是認為她一旦接到消息，一定會立刻從海外跑回來，才會故意不通知她的。

「姊姊，妳太誇張了。」

絹子一笑，大姨子的臉色更臭。

「很正常好嗎？我唯一的妹妹出大事了耶。」

「說什麼大事，哪有那麼嚴重。」

就連來探病的事，絹子都婉拒過她一次。症狀並未嚴重到需要姊姊大老遠從東京來一趟。大姨子在東京和女兒一家同住，從他們家到這個城市，搭飛機再轉特快電車也要花上至少三小時，交通費和住宿費都不是一筆小錢。

「狀況已經穩定下來了，檢查結果也不壞。」

一旁的康則這麼補充，大姨子卻皺起眉頭。

「不管怎麼說都是腦中風吧？大腦出了問題，豈不是很嚇人？」

「是這樣沒錯，不過症狀算是比較輕微的。」

根據主治醫生的說明，腦中風也有很多種。腦中風這個病名泛指所有腦血管阻塞或破裂的症狀，但每個病患大腦受損的程度和範圍都不同。有嚴重到昏迷的人，也有人只是輕微暈眩。更輕微的例子，甚至可能當事人都沒有察覺症狀。

幸運的是，絹子的狀況沒有嚴重到需要動手術，只需藥物治療即可。上星期也接受了進一步的詳細檢查，結果沒有大礙，復原也很順利。原本擔心的後遺症，除了左手左腳偶爾發麻外，沒有出現太嚴重的麻痺或疼痛。

「要不是康則及早發現，可就要延誤治療了吧？真是萬幸。」

似乎總算放下擔憂了，大姨子的表情輕鬆了些。

「他是妳的救命恩人喔，小絹，以後康則說什麼妳都得聽了。」

「不，別這麼說啦。」

康則囁嚅回應。內心暗自後悔，大姨子在電話裡追問不休時，實在不該把當天的情形鉅細靡遺告訴她。

那天晚上，半夜醒來的康則去上廁所時，赫然發現絹子蹲在浴室外的脫衣間。

康則和絹子總在吃過晚餐後輪流洗澡。先是康則，然後才輪到絹子，這個順序從結婚至今沒有變過。偶爾康則要絹子先去洗，絹子一定會說「你先請」，堅持讓康則第一個入浴。

你先請。

不只洗澡的事，這句話可說是絹子的口頭禪。餐桌上，兩人同時伸手拿醬油瓶時。歲末收到人家送的點心盒，兩人各自從中選一個喜歡的來吃時。從外出的那一刻到進家門為止，都是如此。除了這些日常生活的小細節外，任何兩人共同決定的事，她也總是以丈夫的意見為優先，跟著丈夫的決定走。

「現在這個時代，夫唱婦隨的觀念已經過時囉。」

大姨子曾這麼調侃。他們家正好完全相反，可以說是婦唱夫隨。大她一輪的丈夫深具包容力，只要是妻子想做的事，從來不會擺出抗拒的臉色。

「那個人啊，只有一件事怎麼也不答應我。」

每次聊起過世的丈夫，大姨子就會聳聳肩膀，用開玩笑的語氣這麼說。

「我明明拜託他不要死，他還是死了。」

十幾年前丈夫過世時，棺木旁的她吶喊過同一句話，連參加葬禮的人們也忍不住跟著哭起來。

康則當時就是拚命忍住眼淚的其中一人。在公司，姊夫原本就很提拔自己這個下屬，成為姻親後交情更親密，兩家人時有往來。當年康則夫妻還住在他們附近，絹子擔心日漸憔悴的姊姊，有一陣子經常去陪伴她。

很快地，大姨子從打擊中站了起來。據她本人的說法是「要開始享受第二人生」。她原本嗜好就多，朋友也多，過了俗稱喜壽的七十七歲後，又是旅行又是學才藝，更是忙得不可開交。看到同樣不愛出遊，就算出門，頂多只是在附近散步的康則夫妻，大姨子經常說教：「這樣會老得很快喔。」

「女人是很堅強的。」

這是她向來的論調。雖然很想指出「妳又是女人中特別強的那一個」，但也不能真的說出口，康則只能洗耳恭聽。

「妻子過世後，男人多半一蹶不振，自己又做不來家事。小絹妳也要小心，可不能丟下康則自己先死。」

「怎麼這樣，別說那種不吉利的話。」

那時的絹子笑得前仰後合，事到如今，這玩笑話卻教人笑不出來。

病房裡，就算是這樣的大姨子也說不出那種「不吉利的話」，只是繞著圈子重複類似的意思。

「小絹，妳要趕快好起來回家去，否則康則一個人生活太辛苦了。」

「說的也是，真抱歉。」

絹子滿懷歉意地低喃。

「不用擔心我啦。」

康則坐也不是，站也不是，用力搖頭否認。

三點左右，康則和大姨子一起走出病房。她說今晚會在附近飯店過夜，明天再來探望一次絹子才回東京。

並肩走在醫院長廊上，康則問：

「晚餐怎麼打算？要在這附近一起吃嗎？」

「我隨便吃吃就好，不要緊。這一帶的路我很熟，也想聯絡一些朋友。」

絹子她們兩姊妹原本就在這城市出生長大，是在絹子上高中和大姨子就職時，才順勢搬到東京。

「比起我，康則你才該好好休息。看你累得臉色這麼差。」

大姨子原本踩著喀喀作響的高跟鞋往前走，但忽然停下腳步，抬起頭，緊盯跟著停下來的康則看。

「我問你，那孩子真的沒事嗎？」

她的意思是，你們有沒有瞞著我什麼。

「真的啊。」

康則回答得謹慎。畢竟醫生都這麼說了，檢查結果也證實這一點。

「是嗎？」

大姨子懷疑地挑眉。或許因為姿勢端正的關係，又或者拜身材勻稱所賜，遠看不覺得她矮，要像這樣近距離面對面，才驚覺她個子真小。

「可是，她看起來沒什麼精神。」

康則苦於應對。

果然被她看出來了。還以為今天，至少大姨子待在病房的那段時間，絹子表現得比平常還開朗自然呢。

「大概因為過去從來沒生過什麼大病，她自己也嚇到了吧。」

小心選擇遣詞用字。這也是康則兩星期來反覆思考得出的結論。不，與其說是結論，不如說他這麼希望。

絹子住院兩、三天之後，康則開始察覺「不太對勁」。

那時，起初擔憂的病情已逐漸好轉，康則便問了絹子幾件家裡的事。儘管單身時他也一個人生活過，最低限度的家事自己做得來，但四十多年來全交給妻子一手打理的家裡，還是有些他搞不清楚的事。

弄清楚洗衣機怎麼使用，星期幾倒垃圾和倒垃圾的步驟時，問題來了。

「還有，冰箱裡的東西怎麼辦？」

康則問。

「吃不完的菜可以丟掉，可是那塊肉呢？冷凍起來好嗎？」

「什麼肉？」

「妳忘啦，牛排啊。本來打算隔天弄來吃的，我想應該還沒壞才對。」

絹子住院那天，十月二十五日，是夫妻倆的結婚紀念日。

絹子向來重視紀念日。包括彼此的生日在內，大姨子家每個人的生日、父母和姊夫的忌日她都記得一清二楚。每年一定準備親手做的佳餚和蛋糕，或是送禮物，在佛壇上供花等等。此外，像節分、彼岸節和冬至等不同季節的節日，她也不會忘記。按時撒豆、吃御萩餅、用柚子泡澡。

至於康則，會放假的節日固然不會忘記，但那些不會直接影響自己日常生活的日子就記不住了。總要等絹子端出紅豆飯，或看到餐桌上裝飾了鮮花，才想到要問「今天是什麼日子」。不過，就算康則記不住，絹子也不會怪他。有時絹子自己會提起節日的話題，如果絹子沒提，就這麼過了也是有的。

倒是兩人的結婚紀念日，康則從來沒忘記過。當初婚宴上吃了牛排，於是這四十幾年來的慣例就是在結婚紀念日這天吃牛排，今年原本也不例外。前一天，絹子還興沖沖地說，買了一塊很不錯的肉。

「牛排？」

看到妻子眼神游移，露出疑惑的表情，康則內心不由得一陣驚慌。

「就是結婚紀念日的牛排啊，有沒有？」

絹子垂下眼睛，像是想逃避丈夫的視線，微微點頭。

「對欸，結婚紀念日……對欸……」

那天回家前，康則攔住醫生，把這件事告訴他。醫生說，可能是輕微的記憶障礙。

「大腦某處受傷時，一部分記憶可能因此跟著消失。尤其是發病前後，大腦承受很大的壓力，那段期間的記憶可能呈現不穩定的狀態。」

這麼說來，絹子也說從離開浴室到被康則發現那段時間，她完全不記得發生了什麼事。

「不過，應該不至於對日常生活造成影響。電腦斷層和磁振造影的檢查報告也看不出哪裡損傷。」

康則這才稍微放心。即使如此，那天之後，他和絹子說話時，都會特別注意遣詞用字。

到目前為止，就像醫生所說，感覺沒有太大的問題。頂多變得有點健忘或對事容易產生誤解，這一方面是因為她身體尚未完全康復，一方面也可能是藥物的副作用。別說絹子，康則自己都發現這幾年記性變差了。一直認為小五歲的妻子還年輕，記性向來又好，卻忘了絹子也已經七十多歲了。

比那個更讓人擔心的，其實正如大姨子所說，絹子看起來無精打采。也可以說失去活力，做什麼都提不起勁了。

絹子原本的個性不像大姨子那樣活潑好動，也不是多話的人。但是，那絕不代表她缺乏感情或消極無力。俗話說「眼神傳達得比嘴巴說得多」，絹子正驗證了這句話。那雙開心時散發靈活光采，哀傷時溼潤動人的眼睛，總是道盡了她內心的想法。

現在，康則卻覺得那雙眼睛蒙上了一層陰霾。

康則或醫生跟她說的話，絹子都會好好回應。時而微笑時而皺眉，表情也還有變化。只是，如果不去理她，就會一直望著窗外發呆。也提不太起勁去做手腳的復健。以絹子認真的個性，康則原本還擔心她會太勉強，這下反而感到錯愕。

曾想過找大姨子商量，不過，這個念頭才剛冒出來就打消了。要是被她知道了，事情一定會愈鬧愈大。還是先觀察一下狀況吧。

想問大姨子的，還有另外一件事。

「大姊，請問一下。」

快要走到醫院大門時，康則才開口。

「妳知道這個月二十五號是什麼日子嗎？」

看過月曆後，康則一直在記憶中搜尋，始終還是想不出來，只能舉手投降。那既不是誰的生日，也不是誰的忌日。如果不是這類有紀念性的日子，會是原本預計要做什麼嗎？

當然也可以問絹子本人，可是，萬一她不記得怎麼辦？一思及此，康則就躊躇了。回答不出康則或醫生的問題時，絹子那副打從心底歉疚的表情，讓康則看了很不忍心。

「這個月……你是說十一月二十五號嗎？」

「對，絹子在月曆上的這天做了個記號。」

「小絹嗎？」

大姨子想了想，眼神一亮，嘴上發出驚呼。這是今天第一次看到她綻放自然的笑容。

「是我跟先夫的結婚紀念日啊。」

送大姨子搭上計程車後，康則就去搭公車。公車從山裡的醫院往下開，行經運河流過的城市，約莫三十分鐘後，就會抵達離家最近的公車站。

公車正好來了，停在那裡等乘客上車。康則排進十人左右的隊伍最末端，跟著魚貫上車，在空著的單人座位坐下。車門隨車上廣播關起，公車往前行駛。

「下次是什麼時候？」

相互依偎著坐在前座的是一對老夫妻，丈夫這麼大聲問妻子。看來他的耳朵不太好了，妻子湊近丈夫耳邊回答：

「下個月呀，下個月三號。」

康則將視線從他們兩人背後移開，轉而望向窗外。隔壁車道上的黃色計程車，正在加速超越公車。

走在醫院長廊時，大姨子曾佩服地說：

「小絹竟然連我的結婚紀念日都記得，那孩子，從以前記憶力就真的特別好。」

差點衝動說出「現在那強大的記憶力可能開始衰退了」，終究還是強忍著沒說出口。要是不小心說溜嘴，原本只是「可能」的事情，大概會變成不可動搖的事實。

「仔細靜下來想還是想得起來，可是平常忙東忙西的，很容易就給忘了。像是今年啊，我連自己的生日都是小絹打來道賀時才想起來的呢。」

大姨子的生日在三月，絹子每年都會準備她愛吃的豆子飯。

「她就是細心周到。連我孫子的生日禮物都不會忘記。」

絹子對外甥、甥女以及他們的孩子都很費心。或許因為自己沒有小孩的關係，還住在東京那時，彼此見面機會也多，孩子們跟絹子和康則都很親近。

跟絹子提起自己退休後想搬到鄉下地方生活的事時，康則原本擔心絹子會感到寂寞。畢竟包括大姨子一家在內，搬到鄉下之後就見不到東京的熟人朋友了。

即使這個城市是從前住過的地方，那也是將近半世紀之前的事了，絹子和當時的朋友似乎也沒有保持聯絡。

「的確，剛開始可能會有點寂寞吧。」

絹子倒是很看得開。

「不過，退休之後你也會一直待在家了呀。」

聽到這句話，康則不知為何想起三十年前，說著「沒有小孩也沒關係，反正有你在」時，絹子平靜堅毅的表情。

絹子之所以這麼重視紀念日，會不會正是因為沒有小孩呢？夫妻兩人的平靜生活，說得不好聽一點就是單調無味，說不定她認為這樣的生活需要一點調劑。

等絹子平安出院後，好好慶祝一下吧。

帶她去吃好一點的館子？外食對大病初癒的身體會不會造成負擔？還是自己下廚，試著把那塊冷凍起來的牛排煎來吃？順便慶祝沒慶祝成的結婚紀念日，像絹子往常做的那樣，買花和蛋糕回來好像也不錯。

對了，買個禮物送她吧。新婚過後就沒送過禮物了，想起來覺得有些害臊。不過，就當祝賀她順利康復，送個小東西吧。

公車已經開下山丘，奔馳在沿海道路上。看見道路盡頭的港口時，康則匆匆按了下車鈴。

一下公車，海潮的氣味便掠過鼻尖。

康則沿著石板路漫步起來。港口周圍有運河包圍，使這裡成為一個頗受歡迎的觀光勝地。

有時，康則和絹子也會選擇觀光客較少的平日白天，來這附近散步。瀏覽櫥窗裡的商品，看到覺得不錯的店家就進去逛逛，逛累了就找間咖啡廳小歇。有時也會買點小東西，像是茶點啦、筷架啦、室內拖鞋之類的。沒有果斷力的絹子總是在各種造型的筷架或各種顏色的室內拖鞋之間猶豫不決，花了很長的時間才將精挑細選出的商品帶回家。

絹子會喜歡收到什麼禮物呢？

因為是紀念日的贈禮，最好不要是食品或消耗品，必須是能留在手邊的東西。看來還是戴在身上的東西好了，飾品類的東西，或者是花瓶，平常用得到的餐具似乎也不錯。

每次走過可能有賣女用商品的店，康則就會停下來窺看裡面。或許因為天氣一口氣變冷的關係，不管哪間店都把店門關得密不透風。而且，這種店裡的客人多是女性，看不到像自己這樣的男性，更何況還是個老人單獨上門。也有些店裡沒有其他客人，但這種店他也提不起勁進去。康則很不擅長與店員交談，這種事向來都是絹子的任務。

獨自走在這種地方，讓他有些無所適從。不只如此，往往一個放空就會下意識往後回頭。明明理智上清楚絹子並未走在落後自己半步的後方。

下次再來吧。或許明天，先裝作若無其事地問問絹子有沒有想要的東西。

打算轉身走回公車站時，一條剛才僅行經巷口而沒有走進去的巷弄映入眼簾。就在幾公尺開外的地方，一面咖啡廳的招牌向外突出。

店內很空。

「請隨便坐。」

留著妹妹頭的年輕服務生迎上前來，康則選了離入口最近的吧檯座位。吧檯另一端，一個和康則年齡相仿的男人正默默讀著文庫本。店內角落設置了氣派的音響，播放出輕快的爵士樂。

點了綜合咖啡，稍事歇息時，忽然發現店內裝潢似曾相識。

大概是兩三年前的事了，和絹子散步途中曾來過這間店。和沒有特色的連鎖店或一味投觀光客所好的那種店不同，這裡的氣氛沉穩，最重要的是咖啡味道很不錯。兩人還說著下次要再來，之後也找尋過幾次，不知為何就是找不到了。再後來便壓根忘了這件事，原來在這裡啊。

下巴蓄鬍的店長端出的咖啡，果然還是很好喝。

走出咖啡廳，康則仔細環顧四周，這次一定要把這地方記住，等絹子出院後帶她一起來。將周遭的景色刻在心底，邁開腳步正要離開時，忽然感受到一股視線。

轉頭張望，眼神對上了一個年輕男人。就在隔著細長巷弄的對門那間店外，男人背靠著門往這邊看。從什麼時候開始站在那裡的啊，剛才完全沒發現。難道自己東張西望的樣子，看起來鬼鬼祟祟的嗎？

男人對停下腳步的康則露出親切的笑容。

「歡迎光臨。」

微笑說著，伸手開門。

明明是他自己邀請康則入店的，進來後卻沒特別上前推銷。

「請慢慢看。」

說完，男人便在後方桌旁動手製作起什麼。原本打算只要對方強迫推銷就要立刻離開的康則放鬆了戒備。

和對門的咖啡廳一樣，這間店形狀細長，從門口往內的距離頗深。看起來沉重堅固的木櫃和打磨成焦糖色的地板，都令康則想起小時候住的老家。天花板上的吊燈散發雞蛋色光芒，也給人一種莫名懷念的感覺。

康則走向商品陳列櫃，從櫃上擺放的許多透明小盒子中拿起一個。盒子裡裝設著精巧的金色機械。

原來是音樂盒啊。

送這個好像不錯。既不占空間，就禮物來說，也比送日用品感覺花心思。在絹子也很中意的咖啡廳旁碰巧發現這間店，很難不去想其中是否有某種緣分。

櫃子角落放著應該是手寫的傳單。上面寫著除了現成商品外，也可以指定喜歡的曲子量身特製音樂盒。對音樂有所堅持的客人或許會很喜歡這項服務，但像康則這種對音樂一竅不通的人反而有點傷腦筋。康則決定從現成品裡挑選，重新轉向櫃子。

音樂盒側面都貼著小標籤，上面註明了曲名。只要伸長手臂拿得遠一點，老花眼也還勉強可辨識出那些小字。有些曲名雖然沒聽過，一旦放出來試聽，大多是耳熟能詳的旋律。有童謠，有古典樂，也有早年的流行歌。種類五花八門，毫無脈絡可言。到底要怎麼從如此龐大的選項中做決定，還真是教人有些不知所措。就在此時，康則找到了個好東西。

就買這個吧。再合適也不過了。

「送人嗎？」

從康則手中接過音樂盒，店員微微一笑。

「對。」

應該沒有太多客人會買《結婚進行曲》的音樂盒給自己吧。

「送給夫人的？」

「是的。」

「明白了，那麼請您選擇外盒。」

從店員出示的樣本中，康則選了盒蓋表面以精緻木片拼接工藝作成的高雅小盒子。據說是當地木藝工匠的作品，採用色澤微妙不同的木片組合拼接出森林風景的圖案。樹林間還可看到鹿、松鼠和狐狸等動物探出頭來的模樣，整體而言不會太浮誇，也不會太樸素，絹子一定會喜歡。

「您願意的話，也可以在盒蓋內側刻上一段文字。」

這麼說來，傳單上確實宣稱可在這裡製作一個「世界上獨一無二，只屬於您的音樂盒」。雖然有點心動，終究是太難為情了。

「不，不用了。」

「機會難得，您真的不考慮嗎？也可以不刻留言，刻兩位的名字就好。」

店員原本給人不太想做生意的印象，沒想到意外纏人。這服務該不會得加錢才有吧。儘管不是在意錢的問題，真要說的話康則也希望愈隆重愈好。彷彿看穿康則的心思，店員以肯定的語氣說：

「是免費服務喔。」

「這樣的話，可以麻煩刻上名字嗎？」

繼續推辭也太麻煩了，康則決定投降。

「沒有問題。」

「還有，也可以加上日期嗎？」

「可以的。」

他恭恭謹謹地點頭回應。

請店員在盒蓋內側角落刻上了小小的YASUNORI & KINUKO字樣。日期是十月二十五日，年分就省略好了。

瞥一眼康則寫好的訂單，店員歪了歪頭。

「是……十月嗎？」

他大概誤以為眼前這個年老的客人寫錯了吧。一般來說，這類贈禮確實應當提前準備。

「沒錯，是十月二十五日。雖然遲了點。」

十一月二十五日不是康則他們的結婚紀念日，而是大姨子的。思考了半天，康則忽然靈機一動。

說不定連絹子都搞錯了，在翻錯的月曆頁面上做了記號。

在醫院聽大姨子那麼說時，康則原本也覺得有道理，然而仔細想想，絹子特地在姊姊的結婚紀念日上作記號似乎有點怪。如果姊夫仍在世還沒話說，特地去祝孤家寡人的姊姊結婚紀念日快樂，未免也太反常。

絹子腦中想到的，應該不是姊姊的，而是自己的結婚紀念日吧。其實，她本來是想在十月二十五日那天作記號的。

可能那時不小心把十月二十五日和十一月二十五日搞混了，又或者單純只是多翻了一頁月曆，在沒發現那是十一月頁面的情形下，以為那天是十月二十五日，就這麼做了記號吧？就像聽到答錄機裡大姨子說要來探病的留言時，把十月十日誤認為十一月十日的康則一樣。

一定是這樣沒錯。把二十五這個數字圈起來後，絹子大概也發現自己搞錯了吧。所以才會和其他格不一樣，沒有加上註記的文字。這麼一來，一切就說得通了。比起記錯日期，寫錯頁面更像絹子會做的事。畢竟不管怎麼說，絹子都有過人的記憶力啊。

一定是這樣沒錯。這麼一想，內心便輕鬆了幾分。不過，康則還是忍不住進一步思考下去。

還有一個可能，會不會那個當下的絹子大腦已經出問題了？因為這樣，才會犯下平時不會犯的失誤。

現在回想起來，也不是沒有預兆。

那天，十月二十四日，吃過晚餐後絹子的臉色就不太好。話不多，筷子也動得慢，康則都吃完了，絹子盤中還留下將近一半的飯菜。

「喂，妳沒事吧？」

擔心地詢問，也只換來發呆的絹子尷尬一笑。

「抱歉，我好像有點累。明天難得要吃美食了，得趕快恢復精神才行呢。」

「身體不舒服的話，就不要太勉強吶。」

「可能是突然變冷，身體受寒了。洗個熱水澡，早點上床睡覺就好。」

「也是，那今天妳先洗吧。」

「不用了，我等你洗完再洗。」

絹子毫不猶豫地婉拒。

「你先請，我還要收拾碗盤，而且我洗澡那麼花時間。」

要是那時康則再多堅持一下的話，事情的發展是否就會不同。

如果能對她說「別收拾了，快去休息吧」的話。如果讓她先去洗澡的話。這麼一來，說不定就能更早察覺絹子發病，至少不會丟著她到深夜才發現。大部分的疾病都一樣，發作後愈早接受處置愈好，腦中風更是不用說。

然而實際上是，康則優哉游哉地先洗了澡。洗完時大概八點多吧，絹子接著去洗時，自己就鑽進棉被裡看書。平時康則在入浴後的睡魔襲擊下，往往還沒等絹子回寢室就會打起盹來，那天晚上卻特地醒著等她。因為還是擔心妻子的身體狀況。

絹子洗了很久，一直沒回寢室。

一邊翻著書頁，康則又打起盹來。隱約聽見有人呼喚自己的名字，睜開眼的瞬間，因為寢室看起來和之前沒什麼兩樣，還以為自己只睡著了一下。天花板燈依然亮著，身邊的位子也沒人躺過。

一陣尿意驅使，康則走出走廊。赤腳踩在冰冷的木地板上，使他一口氣清醒。正想小跑步前往廁所時，不經意停下腳步。

走廊盡頭的脫衣間門開了一條縫，透出裡面的燈光。

「絹子？」

朝裡面一探頭，康則不禁大驚。穿著睡衣的絹子，低著頭蹲在地上。

「妳怎麼了？」

康則喊她，絹子才緩緩回頭。臉色發白，濡溼的髮絲貼在額頭上。

「不知道是不是洗太久腦充血了，全身發軟。」

試圖站起來的絹子，立刻又蹲了回去。

「沒事吧？不要勉強比較好。」

蹲下來，讓絹子靠在自己肩上，康則再次感到驚訝。絹子的身體冰冷得連隔著睡衣觸摸都很清楚。

倉促之間，抬頭望向放在洗臉臺旁的數位時鐘。時間已是半夜兩點多。

接到音樂盒製作完成的聯絡，正好是兩星期後的事。隔天，十一月二十五日，康則前往醫院前，先繞去了音樂盒店。

這次店內一樣沒有其他客人。上次那位店員和之前一樣，一個人顧店。不知是否認出了康則，立刻將完成的音樂盒放在桌上給他看。一如訂製內容，外盒上刻了名字和日期——不是十一月二十五日，而是十月二十五日。

「要不要試聽看看呢？」

「沒關係，不用了。」

特意準備的禮物，最初的演奏想和絹子一起聽。雖然原本打算當作慶祝出院的禮物，但一看到實物，忍不住想早點拿給她。

「希望夫人喜歡。」

一邊將音樂盒裝進紙盒，店員一邊這麼說。

住院一個月來，絹子的外表看不出明顯變化。定期接受的檢查結果保持良好。雖然醫生也一再說她應該復原得很好，康則就是無法放心。

每天都會去看她。康則踏入病房時，絹子大都躺在床上看小型電視。

「身體覺得怎麼樣？」

「還可以。」

「這樣啊。」

固定交換完這樣的對話後，就無話可說了。只能一起盯著電視畫面。

有時，康則會偷看妻子。那張面無表情的側臉，看起來彷彿某個不認識的女人。絹子在家時幾乎不看電視的。

「想百分之百恢復到之前的狀態，畢竟是不可能的事。」

醫生半是安慰，半是提醒地勸康則。這道理康則也懂，當然懂，只是無論如何都會拿從前的絹子來比較。

復健也沒有太大進展。只要康則說「還是做一下比較好」，絹子都會乖乖去做，可是態度並不積極。問她是不是會痛，好像又不是那麼一回事，從她模稜兩可的回答，實在摸不清頭緒。

「小絹什麼事都希望康則幫她做決定。」

還年輕時，大姨子這麼取笑過她好多次。

「才沒那回事呢，我自己也有好好在思考。」

絹子提出反駁，看起來卻像樂在其中。

「我思考過才做的決定，我的決定就是要跟他走啊。」

可是現在呢，現在妳怎麼想？

要不要跟著丈夫走，換句話說，要不要聽丈夫的意見，絹子自己真的有在思考嗎？看在康則眼裡，現在的她像個傀儡，人家說什麼她就做什麼。從她的身上，看不出想把病治好的欲望，也看不出非痊癒不可的意願。

「最忌諱的就是太心急喔。」

醫生這麼對康則說。

「如果有哪個病患說他喜歡做復健，我才覺得稀奇呢。復健這種東西無法馬上看到成果，病人提不起勁也是理所當然的事。」

醫生說的是一般狀況，當然也有他的道理。問題是，絹子不是那種個性的人。不應該那樣的。就算提不起勁，該做的事卻偷懶不做，這不像絹子會做的事。

「有些時候，遇到某些刺激，病人忽然就恢復了，這種事也是有的，您做先生的也不要太心急，陪著她慢慢來吧。」

醫生說得很有道理，康則卻想問，真的嗎？真的會恢復嗎？什麼時候？

你先請。絹子一直都這樣，凡事以康則為優先。好幾年，好幾十年來都是這樣，沒有改變。康則不相信她會突然丟下丈夫先走，不會的，她不會一個人跑到那個很遠的，不知道是哪裡的地方。

將繫著緞帶的紙盒交給她時，病榻上的絹子綻放笑容。

「這是什麼？」

看到那天真無邪的笑容，康則鬆了一口氣。

「禮物啊，慶祝結婚紀念日。」

「結婚紀念日？」

絹子一臉疑惑地反問。

「今天是十月二十五號嗎？」

康則瞬間說不出話來。接著，才一邊壓抑聲音中的激動，一邊回答：

「不是啊，今天十一月二十五日。雖然遲了一個月，想說今年還沒慶祝嘛。」

「喔，這樣啊，原來是這樣。」

絹子慢慢眨眼。

「我腦子有點混亂了。」

「要不要打開來看看？手沒問題吧？」

重新振作起精神，康則催促她。

「嗯，沒問題。」

絹子仔細拆開蝴蝶結，打開紙盒。

「哇，好美。」

雙手捧著拼接工藝作成的木盒，絹子瞇細了眼睛。輕輕打開盒蓋，窺看裡面的東西。

「是音樂盒啊，可以聽聽看嗎？」

「當然，給我一下。」

康則從絹子手中取過音樂盒，轉動底部的發條，再放回床頭櫃。音樂盒發出簡單又可愛的聲音。

「咦？」

康則不由得發出錯愕的聲音。絹子也疑惑地歪頭看他。

「怎麼了？」

音樂盒流瀉出的，和康則預期的旋律不一樣。

是在組裝外盒和機械時出了什麼差錯嗎。早知如此，去店裡取貨時就該先試聽一次。明明費心想準備禮物，竟然搞了這麼一個大烏龍。

「絹子，這是……」

康則正想開口說明時，絹子雙手摀住嘴巴，睜大雙眼。

「好懷念……」

這麼低喃後，放下摀住嘴巴的手，朝康則筆直伸出手臂。不明就裡的康則，只能姑且握住妻子的手。

「一、二、三。」

隨著慢板的三拍節奏，絹子搖晃兩人相繫的手。一、二、三。一、二、三。漸漸地，康則想起自己似乎在哪聽過這首曲子。是什麼時候呢，應該是很久很久以前。

「這是什麼曲子來著？」

「咦？你不記得嗎？」

絹子放下手，訝異地問。

「既然如此，你怎麼會選這首呢？」

「呃，那是因為……」

那首華爾滋舞曲拍子逐漸慢下來，最後終於停歇。

「我們不是跳過嗎？」

絹子故作神祕地說。

「跳過？」

像鸚鵡學舌一樣複誦了一次，康則才倒抽一口氣。過去曾有一次，就那麼一次，和絹子一起跳過舞。隨著優雅的華爾滋曲調，戰戰兢兢地。

就在幾十年前的今天，十一月二十五日。

「妳竟然還記得。」

「因為是很重要的回憶啊。」

至少對我來說是如此。絹子惡作劇似地補上這麼一句。康則腦中浮現月曆上的記號。

「這可是和你初次見面，值得紀念的日子。」

原來，既不是記錯日期，也不是寫錯頁嗎。對絹子而言，十一月二十五日是每年都會想起的，重要的紀念日。

康則輕輕拿起音樂盒，重新上緊發條。

配合再次流瀉而出的音樂，絹子再次搖擺手臂。動作比剛才更大，連肩膀也跟著晃動，陶醉地閉上眼睛。

櫻花花瓣翩翩飛舞，落在運河水面。

「累不累？」

康則問走在身邊的絹子。

「不會，一點也不累。聞得到春天的氣味。」

「就快到了。」

等天氣轉暖就去散步，順便去上次那間咖啡廳。這是絹子出院時，和她約定好的事。北方的春天來得遲，五月連續假期都快來了，才好不容易盼到適合出門散步的好天氣。

「原來藏在這種地方啊。」

一踏入那條窄巷，絹子就發出雀躍的聲音。

進入店內，坐在吧檯中段的位子，點了兩杯綜合咖啡。上次看到的女服務生不見人影，整間店只有店長一個人打理。

「久等了。」

他從吧檯內側端出兩杯咖啡，裝在成對的咖啡杯裡，一杯先給絹子，然後是康則。瞬間，咖啡香氣撲鼻。

「呀，果然好喝。」

絹子雙手捧著咖啡杯，啜飲一口，發出心滿意足的讚嘆。看到店長走到吧檯另一端和一位女客閒聊起來，絹子便用眼光向康則示意。

「噯，上次來的時候，那個老闆應該有戴眼鏡吧。」

「是嗎？」

「應該沒錯，圓框眼鏡，玳瑁材質的。」

「妳記得真詳細，都已經是幾年前的事了。」

上次一個人來是半年前的事，康則就連那時店長有沒有戴眼鏡都想不起來。

「沒記錯的話，上次我還在想，這人長得和小百合的先生有點像呢。」

「絹子的記憶力真的很好。」

一邊佩服，一邊想起另一件事，又追加了一句：

「像那個音樂盒裡的曲子，都已經是將近半世紀前的事了，妳也還記得。」

「那怎麼忘得掉呢。」

將杯子放回杯碟，絹子抬眼看康則。略顯猶豫似地頓了一頓，才再次開口：

「因為，我可是對你一見鍾情喔。」

康則盯著妻子，看得出了神。

彷彿看見當年那個露出羞赧笑容，臉頰染上一抹玫瑰色，睜著一雙水汪汪大眼，抬眼凝視自己的女孩。

「……我怎麼不知道這件事。」

「我沒說過啊。」

絹子不好意思地別開視線，轉換語氣說「對了」。

「等一下也想去那間音樂盒店看看，就在這附近對吧？」

忽然從過去被拉回現在，康則愣了愣，眨著眼睛說：

「我跟妳說過啊？」

「說過啊，你還說從店門前走過去時，視線正好和店員對個正著，感覺好像不進去不行似的。」

絹子皺起眉頭，一副拿康則沒轍的樣子。康則很喜歡妻子有時會露出的這種表情。曾有好一段時間沒能看見，所以更喜歡了。

「不好意思，請問一下……」

吧檯另一端的店主小心翼翼地問：

「兩位口中的音樂盒店，指的是對門那間店嗎？」

「是啊。」

店主輪流看了看因這突如其來的搭訕而詫異的康則和絹子。

「那間店，已經搬走了喔。」

「咦？是這樣啊。」

「搬到附近的哪裡嗎？」

「不，搬到滿遠的地方去了。」

聽了遷移後的地名，康則和絹子面面相覷。那地方確實很遠，幾乎是從日本列島最北端搬到最南端去了。真是相當需要決斷力的遷移啊。

「才是上個月的事呢，真可惜，兩位是想去買音樂盒嗎？」

店主惋惜地說。

「不，我們已經買了。」

康則搖搖頭，絹子接著說：

「因為很喜歡，所以想去道謝。」

除了道謝外，康則其實還想問那位店員，《結婚進行曲》究竟是怎麼變成華爾滋舞曲的。

「謝謝招待。」

店內傳來其他客人的聲音，店主朝康則他們點個頭，便去招呼那位客人了。

「好可惜喔。」

絹子低聲說，康則輕輕聳肩。

不過，一邊啜飲熱咖啡，一邊這麼想。總有一天，這個謎團也會在意想不到的瞬間解開吧。就像睽違三年才找到的咖啡廳，也像事隔五十年才得知的事實。

後來連續來了幾個客人，店裡客滿了。將在吧檯內外忙進忙出的店主請過來結帳後，康則他們起身離席。

「等一下怎麼辦？」

「要不要去舊鐵路遺址那邊看看？步道的入口有一棵很氣派的櫻花樹喔。」

「喔，好像有耶。」

「回程去買櫻餅如何。遊覽船碼頭對面那間和菓子店賣的，從以前就很美味。」

「不錯欸。」

康則推開門，用背撐住。

「妳先請。」

剛才沒有注意到，門上貼了一張徵人啟事。這也才看見對門那間店拉下的鐵捲門上，貼著店鋪招租的紙條。

「謝謝你。」

絹子刻意拉起裙襬，做出向舞伴敬禮般的誇張動作。臉上浮現開朗的微笑，朝晴朗的戶外走去。

春日 ハルヒブンコ 文庫

169

解憂音樂盒

ありえないほどうるさいオルゴール店

解憂音樂盒 / 瀧羽麻子作 ; 邱香凝譯. -- 初版. -- 臺北市 : 春天出版國際文化股份有限公司, 2025.07
面 ; 公分. -- (春日文庫 ; 169)
譯自 : ありえないほどうるさいオルゴール店
ISBN 978-626-7735-12-1(平裝)

861.57 114006775

ISBN 978-626-7735-12-1
Printed in Taiwan

作　　者　瀧羽麻子
譯　　者　邱香凝
總 編 輯　莊宜勳
主　　編　鍾靈

出 版 者　春天出版國際文化股份有限公司
地　　址　台北市大安區忠孝東路4段303號4樓之1
電　　話　02-7733-4070
傳　　真　02-7733-4069
E－mail　bookspring@bookspring.com.tw
網　　址　http://www.bookspring.com.tw
部 落 格　http://blog.pixnet.net/bookspring
郵政帳號　19705538
戶　　名　春天出版國際文化股份有限公司
法律顧問　蕭顯忠律師事務所
出版日期　二〇二五年七月初版

定　　價　370元

總 經 銷　楨德圖書事業有限公司
地　　址　新北市新店區中興路二段196號8樓
電　　話　02-8919-3186
傳　　真　02-8914-5524
香港總代理　一代匯集
地　　址　九龍旺角塘尾道64號 龍駒企業大廈10 B&D室
電　　話　852-2783-8102
傳　　真　852-2396-0050